感动系列

记着有人在爱你

——感动中学生的100个长辈

◎总 主 编：刘海涛
◎主　　编：滕　刚

九 州 出 版 社
JIUZHOUPRESS
全国百佳图书出版单位

图书在版编目(CIP)数据

记着有人在爱你:感动中学生的 100 个长辈 /滕刚主编. –北京:九州出版社, 2006.6(2021.7 重印)
(“读·品·悟”感动亲情系列. 第 2 辑/刘海涛主编)
ISBN 978-7-80195-484-8

Ⅰ. 记… Ⅱ. 滕… Ⅲ. 散文–作品集–世界 Ⅳ. I16

中国版本图书馆 CIP 数据核字(2006)第 058695 号

记着有人在爱你:感动中学生的 100 个长辈

作　　者　刘海涛(总主编)　滕　刚(主编)
出版发行　九州出版社
地　　址　北京市西城区阜外大街甲 35 号(100037)
发行电话　(010)68992190/2/3/5/6
网　　址　www.jiuzhoupress.com
电子信箱　jiuzhou@jiuzhoupress.com
印　　刷　北京一鑫印务有限责任公司
开　　本　787 毫米 × 960 毫米　16 开
印　　张　11
字　　数　310 千字
版　　次　2006 年 6 月第 1 版
印　　次　2021 年 7 月第 3 次印刷
书　　号　ISBN 978-7-80195-484-8
定　　价　32.00 元

目　录

生命的礼物

今年桂花不飘香

道不尽的谢意

心中的那一片春光

感动系列

生命的礼物

记着有人在爱你

走不完的路望不尽的天涯
在燃烧的岁月曾漫长地等待
当心中的欢乐在一瞬间开启
我想有你在身边与你一起分享
谢谢你给我生命中最珍贵的礼物

——真爱

人生总是两种机会混杂在一起，一种是好的，一种是坏的。而好与坏，都只是人的一种心态。

人生的两个机会

●文/李智红

美国加州有位刚毕业的大学生，在二零零三年的冬季大征兵中他依法被征，即将到最艰苦也是最危险的海军陆战队去服役。

这位年轻人自从获悉自己被海军陆战队选中的消息后，便显得忧心忡忡。在加州大学任教的祖父见到孙子一副魂不守舍的模样，便开导他说："孩子啊，这没什么好担心的。到了海军陆战队，你将会有两个机会，一个是留在内勤部门，一个是分配到外勤部门。如果你分配到了内勤部门，就完全用不着去担惊受怕了。"

年轻人问爷爷："那要是我被分配到了外勤部门呢？"

爷爷说："那同样会有两个机会，一个是留在美国本土，另一个是分配到国外的军事基地。如果你被分配在美国本土，那又有什么好担心的。"

年轻人问："那么，若是被分配到了国外的基地呢？"

爷爷说："那也还有两个机会，一个是被分配到和平而友善的国家，另一个是被分配到维和地区。如果把你分配到和平友善的国家，那也是件值得庆幸的好事。"

年轻人问："爷爷，那要是我不幸被分配到维和地区呢？"

爷爷说："那同样还有两个机会，一个是安全归来，另一个是不幸负伤。如果你能够安全归来，那担心岂不多余。"

年轻人问："那要是不幸负伤了呢。"

爷爷说："你同样拥有两个机会，一个是依然能够保全性命，另一个是完全救治无效。如果尚能保全性命，还担心它干什么呢。"

年轻人再问："那要是完全救治无效怎么办？"

爷爷说："还是有两个机会，一个是作为敢于冲锋陷阵的国家英雄而死，一个是唯唯诺诺躲在后面却不幸遇难。你当然会选择前者，既然会成为英雄，有什么好担心的。”

是啊，无论人生遇到什么样的际遇，都会有两个机会。一个是好机会，一个是坏机会。好机会中，藏匿着坏机会，而坏机会中，又隐含着好机会。关键是我们以什么样的眼光，什么样的心态，什么样的视角去对待它。

如果用乐观旷达、积极向上的心态去看待，那么坏机会也会成为好机会。如果用消极颓废、悲观沮丧的心态去对待，那么，好机会也会看成是坏机会。人生的际遇中，始终存在着两个机会。对那些乐观旷达、心态积极的人而言，两个都是好机会。对那些悲观沮丧、心态消极的人而言，则两个都是坏机会。

人生的态度

赏析／潘恭明

老子说："福兮祸所倚，祸兮福所伏。"人生总是两种机会混杂在一起，一种是好的，一种是坏的。而好与坏，都只是人的一种心态。心态积极乐观的人，坏的也是好的；而心态消极悲观的人，好的也是坏的。

作为海军陆战队的士兵，他的命运似乎注定了只有两种，即平平安安的生或轰轰烈烈的死。在加州大学任教的祖父是深知其中道理的，然而他用一种积极的眼光看到了生与死的复杂关系，他敢于去分析，而且用一种乐观的态度去分析，使这两种机会泛出无数的"两个"，让人看到好与坏只是一线之差，让人相信福祸只在一念之间。

有篇叫《态度创造快乐》的文章讲述了这样一个故事：曾经有一位访美的女作家，在纽约遇到一位卖花的老太太。老太太穿着破旧，身体虚弱，但脸上的神情却是那样的祥和兴奋。女作家挑了一朵花说："看起来，你很高兴。"老太太面带微笑地说："是啊，一切都这么美好，我为什么不高兴呢？""对烦恼，你倒真能看得开。"女作家又说了一句。不料老太太说："耶稣在星期五被钉上十字架时，是全世界最糟糕的一天，可三天后就是复活节。所以，当我遇到不幸时，就会等待三天，这样一切就恢复正常了。"

"等待三天"，这是多么富于哲理的话语啊！它让人保持积极乐观的生活心态，让人忘却烦恼和痛苦，让人全力去收获快乐，而这正是人生的一种态度，一种让人在人生的两个机会面前从容不迫的良好态度。

古人云：爱人者，人恒爱之，现在我希望：助人者，人恒助之。祝愿老人平安无事。

生死抉择

●文/喊　雷

傍晚时分，滔滔洪水铺天盖地而来！

舍不得离开家园又终于不得不离开家园的刘大爷，看到洪水已经漫上桥面，才拄着拐杖，扶着桥栏杆，带着孙儿，小心翼翼涉水过桥。

走着走着，他突然发现原本好端端的桥栏杆有一两丈不见了，于是用木杖探试，才知道这座五孔桥中间的一孔已被洪水冲塌。多危险哪——要不是这段栏杆提醒他，爷孙俩再往前跨出一步，就会双双葬身激流之中！

于是爷孙俩赶紧掉头往回走，打算爬上屋后的小山逃生避险。

爷孙俩刚走回桥头，就看见不远处有一辆汽车正向大桥开过来。

险在眉睫！

刘大爷当机立断，赶紧迎着这辆汽车奔去，站在公路中间，频频挥动手中的木杖示意并大声呼喊："木桥断了！"

然而不知为什么，车上那位留着长发的司机不仅没有因此停车，反而突然加大马力，不顾有木杖阻拦，快速绕过立在路当中的刘大爷，猛地冲上断桥，在刘大爷雷喊风吼般的"啊呀"声中冲入河底……

"爷爷，这位叔叔为什么要自个儿寻死？"

"孩子，你不懂。他不是寻死，而是求生！他加大马力是为了尽快逃离险境。"刘大爷一边惋惜地拾起被车碾断了的木杖，一边说。

"你给他挥手，他为什么不肯停车？"

"风声雨声太大，他听不着我的喊声，他误认为咱爷孙俩要搭他的车逃难。他不愿为咱耽误他宝贵的时间。可是他哪里知道前边等他的是这样一条死路！唉，可惜我的木杖太短，没能挡住他。"

"他怎么敢碾断你的木杖？"

“这是非常时期。别说碾断一根木杖,甚至还可能把我撞倒,从我身上碾过去呢。”

“爷爷，洪水越来越大了，咱们还是赶快上山吧。犯不着在这儿拿生命去冒险!”

“我还要等一等。你听,远处又有汽车开过来了。我还得在这儿拦车,把大桥断了的消息告诉他们。你先抄小路上山,别在这儿等我。”“如果他们还像刚才那位叔叔那样,甚至对着你开过来怎么办?”

“不能这样想。世上的人不都一个样。如果再过来的司机仍误认为我要搭车逃难,却愿意把车停下来,那么他就能因此得知这一险情,同时也会因此大难不死。如果……如果他不肯停下,一意孤行,硬要去死,咱也挡不住。是死是活,现在只能让人家去选择。但是我绝不能见死不救!”

正说话间,又一辆汽车驶近了大桥。

刘大爷猛地推了孙子一掌,吼道:“你——快走!”紧接着几大步跨过去,视死如归地又一次站在了公路中间。

助人者,人恒助之

赏析/甘　甜

在天灾人祸到来之时,往往也是考验人性的关键时刻。

滔滔的洪水冲塌了一个桥孔,不知情者便会葬身于激流之中。在这非常时期,老人冒着生命危险示意司机停车,然而司机却误会人家要他帮忙,如果他的心地是善良的,如果他能在这关键时刻向别人伸出援助之手,他就会停下车来,同时逃过这一劫。然而他没有,老人的好意就因此成为枉然。对于一般人来说,当自己的良心被别人当成了“狗肺”的时候,就会感到心凉,帮助别人的热情也会大减甚至消失。可是刘大爷没有这样,这是一位人生经历丰富的老人,凭他的睿智,他相信“世上的人不都一样”,总有一些人愿意停下车来,这些就是善良的人,正所谓善有善报,他们应该因此而大难不死。于是老人冒着被车碾过身体的生命危险又一次站在了公路中间示意驶来的汽车停下来。

我不敢设想这是一位没有半点恻隐之心的司机。古人云:爱人者,人恒爱之,现在我希望:助人者,人恒助之。祝愿老人平安无事。

老人说话了，他语调平静："这就是我放火烧稻田的原因。"

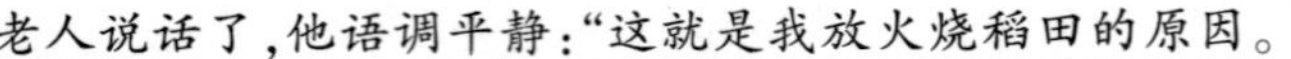

逃离海啸

●文/毛伸合

日本一个濒临海边的小村庄。

村庄后面有座大山，一条蜿蜒曲折的山路通过山坡上的稻田一直向上伸展，这里的农民一年到头都在田里辛勤地劳动。大山之巅可鸟瞰大海和村庄，那里住着一位睿智的老人，他跟孙子塔达生活在一起。村民每遇到难题便登门向老人请教。

有一天，天气异常闷热，老人坐在门口歇凉。他望着山下的村庄，那里有九十间房屋和一座庙，随着海湾的曲线延伸开去。山上山下是一片金黄的稻田。村民们正在庙里为庆祝今年的丰收而载歌载舞。

塔达走到爷爷身边，往山下望去，家家屋顶竖着竹竿，挂着灯笼。屋顶上色彩鲜艳的旗子，垂挂在阴沉闷热的空气中。

"这是发生地震的天气。"老人说。不久，大地便开始微颤了。但由于地震是日本司空见惯的现象，所以并未引起塔达的重视。但这次与以往不同，有点怪：幅度大，间歇长。房子轻微地摇晃了几次，然后又静止不动了。在地震暂时停止的时候，老人注视着海岸周围，只见海水突然间变成黑色，从村庄周围的海岸退回去了。老人和塔达看见海滩上一个个小小的人影儿，那是成群的村民在劳作。

海水全都退走了，只剩下光溜溜的沙滩和礁石。老人预料即将发生可怕的海啸！必须立刻向村民们发出警报。因为山路很远，送信儿已来不及，告诉山下庙里的僧人撞钟报警也一样没有时间了！

千钧一发之际，老人对塔达说："快给我点着一个火把！"

塔达立刻跑进屋内点着一个松枝火把，跑出去送给爷爷。老人拿着燃烧着的火把向自家稻田跑去。田里的水稻已成熟待收，十分干燥，这一片宝贵的稻子是他一年辛勤劳动的结晶，也是他第二年的生活来源。但老人毫不犹豫地将稻田点着了，稻谷立刻燃烧起来，四周浓烟滚滚。

塔达慌忙跑到祖父面前大喊："爷爷！你为什么这样做？"但他爷爷没有回答——他没有时间解释。

塔达失声痛哭着跑回屋里，他觉得爷爷肯定是疯了！老人继续点燃他家的稻田，一直到稻田全部燃着为止，然后将火把扔在地上，凝神等待。山下庙里的和尚看见山上稻田着火，立刻将大钟撞响！海滩上的村民们听见钟声又看见火光浓烟，便纷纷往老人的稻田跑去。"快！快跑！"老人高声对村民们喊着，但没有人听得见。

海水仍然飞快地从海滨向海中心流去。

老人没等多久，山下便有几个村民赶来救火了，但老人伸手阻止他们，并且高叫："让火继续烧，巨大的灾难将要降临了！"

不一会儿，所有的村民都上来了，先到的是青年人，然后是拖儿带孙的中年人和老年人，他们大多手提水桶，是准备来救火的。然而这时老人的稻田已化为灰烬了。

这时塔达从屋子里走出来，向村民们哭诉："我爷爷已经失去理智了！他疯了，他竟放火烧自己的稻田！"

老人说："是的，是我有意点火烧掉稻田，所有的人都到齐没有？"

村庄的头头儿听了很生气。村民们答道："所有的人都来了。"他们暗中嘀咕："这个老头儿是疯了，现在他烧自家稻田，下一步就会烧我们的稻田！"

老人抬手指向大海："看！"只见一条又长又模糊的黑线，像海岸线的影子似的——但那里从来就没有过海岸线——正向着他们冲来。这是向陆地袭来的巨浪，这巨浪像悬崖一样高、像恶鹰一样迅猛异常地向他们扑过来！

"是海啸！"人们惊呼，接着人群一片骚乱，发出各种惊恐的叫喊声。瞬间，可怕的海啸到了，它冲击着海岸，势如排山倒海，远近的山峰也在轰鸣震动。只见闪电一般的白沫翻涌，巨浪腾空扑向山头。一切都消失了，他们的家园被咆哮的海水吞没了。大海先后掀起五阵巨浪，一次又一次地冲击海岸，然后势头逐渐减弱。站在老人房屋周围的人们一片沉默。人们惊恐地看着山下九十间房屋和一座庙宇瞬间消失，眼前是一片废墟。

老人说话了，他语调平静："这就是我放火烧稻田的原因。"

这位大智大勇的长者，如今站在人群中，和赤贫者差不多了。他的劳动果实被自己烧毁，但却换回了四百条宝贵的生命。

睿智的"诺亚方舟"

赏析/佚　名

拥有丰富生活经验的老人,他有足够的智慧,足够的勇气。他用他睿智的头脑,老到的经验,精准地判断出海啸的到来,然后坚定地相信了自己的判断,果断地做出了反应,用最节省时间的方法——燃烧自家已经成熟的稻子,挽回了四百多条宝贵的生命。

而在这之外,老人则承受了更多。老人一把火烧掉了水稻田,他努力劳作一整年的果实,下一年生活的来源,换来了宝贵的时间,宝贵的生命。如果老人的判断错误了,如果一切安然无恙,那老人怎么办。没有如果,老人背负着孙子的不理解,迅速地选择了这个节省时间的方法,引来全村的村民之后,众人议论纷纷,有人说老头子疯了,甚至还有出现"现在他烧自家稻田,下一步就会烧我们的稻田"的话语。他不管,为了这么多宝贵的生命,烧掉再多饱含自己汗水的稻子,被再多不知情的人误解,他也不在乎。

一个平凡的以种稻为生的老人,毫不犹豫,用自己的生活资本来换村民们的生命。他心中一定在想,不能放过任何一点救大伙们离开危难的机会,就算自己的判断是错的,就算自己的损失很重,又有什么关系呢。他那么无私,是一个智者的行为,就像一只诺亚方舟,在危难之时,带大家离开,逃离了海啸。那样大智大勇的长者,怎么会是赤贫者。尽管他是烧了自家的水稻,尽管他救的是别人的生命,尽管他变得一贫如洗,可是他却拥有更宝贵的,再大的海啸也带不走的人生财富:无私、舍己、勇气与智慧。

奶奶没念过多少书，但是有学校里学不来的善良心地。

生命的礼物

●文/贝　蓓

从我没记事起，就在奶奶身边。

奶奶的白天和晚上是不同的。晚上她一边梳头，一边讲神奇的故事给我听。夜晚给她的声音镀上神秘的色彩，我几乎认为她被故事里的神仙施了法术，她要是长了翅膀飞了可怎么办？于是我就拼命地钻进她怀里，把腿也架在她身上，生怕她离开。她就会搂住我钻进被窝里，每天晚上，我都在她坚实的臂弯里，幸福地进入梦乡。

第二天，她成了白天的奶奶，个子高，身板儿壮，穿得干净整齐，浓密花白的头发一丝不苟地绾在脑后，我就觉得安全了。

奶奶没念过多少书，但是有学校里学不来的善良心地。她喜欢动物，最多的时候同时养着二十六只鸡、两条狗和三只猫。我就是数小动物才学会数数的。可她惟独不养猪，因为不忍心年底拉去杀了。

奶奶带给我生命里好多记忆，最清楚的，就是七岁生日那天，她送给我的礼物。

那天早上她利索地收拾好一切，在小炕桌上放好米粥、圆胖的馒头和蘸酱的青菜黄瓜。然后，她偷偷地走过来，掀掉我的被子，用温暖的大手抓住我的脚腕，猛地把我倒提起来，笑着说："懒伢子，再睡就这样把你挂在门外边晒太阳。"我早就醒了，就等着她来提我，然后大笑着喊救命，奶奶也跟着大笑，我们都是快乐的孩子。

这时，外面传来了唢呐声，断断续续，凄凄惨惨，听得人害怕。我快速地穿好衣服，和奶奶出门去看。

门口的石阶上坐着一个脏乞丐，头发长得盖住了脸，穿着破烂的裤子，身上裹着一条破毯子。他身边卧着一条棕色的大狗，那条狗看上去已经不行了，老得连牙都掉光了。听到开门声，狗艰难地睁开眼睛看了我们一眼。它一动，乞丐就爱怜地摸摸它的头，狗便安静了。

乞丐见出来了人，就轻轻地对奶奶说：“老姐姐，点个曲吧，我不要钱，就给狗换碗稀饭吃。”我吓得躲在奶奶身后。

“你等等。”奶奶说着，拉着我转身回了屋，用很快的速度，把一大块牛肉切得细碎，煮进了粥里。我知道这是奶奶给我生日准备的，说好晚上要为我做一碗长长的牛肉面来着。

看着翻滚在锅里的牛肉粥，奶奶摸着我的头说：“伢子乖，明天给你补上。”其实我一点都不生气，只要奶奶在身边，天天都是生日。

牛肉粥煮得香喷喷的，奶奶端了稠稠的两大碗出去。一碗给乞丐，一碗放在狗嘴边。乞丐惊讶地看着我们，头发后面的眼睛闪着奇怪的光。

“这饭我不能白吃，您还是点首曲吧。”奶奶想了想说，“你会吹《生日快乐》歌吗？伢子今天七岁了。”

乞丐看似有些为难，奶奶也不急，先自己哼了一遍给他听，只一遍，乞丐就记住了。

唢呐吹出的《生日快乐》歌怎么听都不是味儿，再看那奄奄一息的狗，连嘴边的粥都没力气去吃了，我忍不住掉了眼泪：“奶奶，大狗真可怜，它会不会死呀……”

“都会死的，不管是人还是树，房子也会塌。哭没有用，要趁它们还在的时候好好待它们，到时候土堆里面的外面的就都安心了。”我听不太明白，知道奶奶对我说的是对大人说的话，她把这话作为礼物送给了七岁的我，等我长成大人后就会明白。

一年后，我就被做生意的父母接回城里了。那天父母给我穿上簇新的衣服和皮鞋把我拖出了门。我不知道自己为什么要跟着两个陌生人走。我拼命扭着头使劲地哭着喊奶奶。可她只能倚着院墙站着，抹着眼泪，那高大的身体好像撑不住了似的。

城里的日子并不好过，没有温暖的大手，没有神奇的故事，也没有奶奶院子里的鸡鸭猫狗……

直到奶奶去世，我都没有机会再回那个山坳里的小村庄，只能在梦里看到橙色的黄昏中，奶奶站在院子里，边喊我边把和好的鸡食撒在她周围。接着，我跑进院子，扑在奶奶怀里，闻着她身上稻草燃尽后的味道，看着她围裙中间的大补丁上一朵朵火红的花，多么幸福啊！

多么快乐的梦境，可每次醒来时，枕头分明是湿的，我一直无法判断自己在奶奶生前待她够不够好，不知道土堆里的奶奶是否安心。

以后的所有生日，也都是在城里过的，虽然会收到大堆的礼物，可还是觉得索然无味。

怎么能比呢！再也找不到任何礼物有那样的分量了，那是奶奶送给我的生命的礼物！

善待生命

赏析／林　姗

《生命的礼物》一文，没有华丽的词藻，也不作精心的雕琢，却于平平淡淡的字里行间传递着人生的哲理。乞丐和奶奶在对待那条老得奄奄一息的狗时所共同体现出来的闪光的人性，那就是善待生命。

“我不要钱，就给狗换碗稀饭吃”。乞丐对老狗的爱怜让我肃然起敬。狗在他心里早已不是动物，而是与他相依相伴、四处漂泊的忠诚伙伴。正因为如此，在人与狗同样饥饿潦倒的情况下，他首先想到的不是填饱自己的辘辘饥肠，而是尽自己所能，为行将死去的老狗乞一顿饱餐。

“要趁他们还在的时候好好待他们，到时候土堆里面的外面的就都安心了”。这是老人最朴实无华的想法。她认为，只有尽心尽力的去做了，日后才能真正的问心无愧，活得心安。她的本性是悲天悯人的，所以在见到乞丐和他的老狗后，她会爽快的将那份本性随着煮得稠稠的牛肉粥一同端出。

这些细节让我深深感动，感动于他们不经意间流露出来的人性美——善待生命。的确，每个生命都有他活在这个世上的理由，无所谓高尚或者卑微，谁也没有理由去轻贱一个生命，不管他是一个人，抑或是一条狗。

正如奶奶所说的，趁生命还在的时候好好对待。我们要在他人痛楚无助、孤立无援的时候慷慨及时的伸出热情的双手，因为一旦那个生命灰飞烟灭，任凭怎样的内疚和忏悔都只能是生命中永远无法释怀的遗憾，于事无补……

我们都应记住：善待生命，就是给别人一份关爱，纵使是微不足道的小细节，对那些忧郁而又无助的生命都会是一缕明媚的阳光。

“幸运幸运，降我好运，我心之诚，此物为证。”

幸运币

●文/[美]艾琳·维拉格　吴崇明　译

我曾和奶奶来到爷爷的坟前，栽种了一些风信子草。那天春光明媚。奶奶用大剪刀把草修齐，使墓碑上的名字不被遮住。她用匈牙利语轻轻地对爷爷说着什么，然后又低声为他祈祷。

我帮奶奶除去杂草。我问奶奶，墓碑上可否坐得。她说用不着客气，那是爷爷的家，有一天也会是她的家。她的名字——珀珥——早已刻在了那块花岗石上。奶奶是位虔敬之人，她已身心疲惫，她说自己正等着上帝召唤。

我们在父母亲离婚之后都跟着奶奶生活。每当夏夜降临，奶奶总是坐在前面走廊上的一张摇椅里，听蟋蟀鸣叫。她会一边用钩针编织手巾，一边讲蟋蟀在说什么话，那些故事使我和妹妹十分开心。

我们在屋里睡觉时总要用匈牙利语一起背诵一段祷词，遇到我不会发音的词语，奶奶就耐心地重说。奶奶性格坚强，但很慈善，面带微笑，和蔼可亲。她早就腿脚不便，用上了拐杖，步履维艰，走路时总是小心地望着脚下。

那年春天祭扫墓地的时候我才六岁，因为我们先去过教堂，所以我穿的是礼拜服——一件带圆点花纹的裙子，后面打着蝴蝶结，脚穿白色短裤、外着亮黑的皮鞋。我故意拖着脚，鞋尖踢着鞋跟，在低矮灰暗的墓石间走动，“脚下留神！”奶奶告诫我。我确实需要训斥，因为我总是在前头乱跑，根本不在意脚下的障碍物，这就难免跌跤，膝盖和肘上的绷带便常常是我心不在焉的明证。

奶奶告诉我的时候总是一字一顿，不厌其烦，那深沉之语，仿佛是人生之旅的灯塔。但我则以为那是大人在故意管小孩，所以常常装着没听见，依旧在前头跑着耍着，不过我通常还是要转回她身边的，就像那天一样。

或许正是因为这样走路，才使得奶奶格外能发现一些小钱币。

就在那个不寻常的礼拜日。奶奶发现了一枚硬币，那是在一座坟前刚割下的草里发现的。钱与泥土、草混在一起，已失去光泽，变得灰暗，要不是奶奶提醒，我就从它旁边踏步而过了。奶奶停下来，用拐杖轻叩着说："看看那儿！"那语气好像我们遇上了宝贝似的。"这是一枚幸运币，把它捡起来。"

那时我很小，非常迷信神魔，于是就捡了起来。

那天是我头回听说"幸运币"，说"幸运"是因为只有你发现了它们而别人从未发觉。它们仿佛是些小小的礼品，是天赐之物，奶奶这样认为；当你捡到一枚幸运币的时候，你应该这样说："幸运幸运，降我好运；我心之诚，此物为证。"

奶奶低声祈祷，她的声音柔和悦耳——这种和悦之声过去常常是一种轻吟低唱，使人蜷缩在奶奶的怀里进入梦乡。听着奶奶的教导，我觉得奶奶仿佛是感应到了天地万物之奥秘。

"许个愿吧，"我俯拾幸运币时奶奶说，她还叫我把自己的愿望保密——好像你吹灭生日蜡烛或对着星星许愿时所做的一样，"把幸运币收好，总有一天会心愿成真。"

我看着手里的魔物，重复着那些咒语，心潮立刻涌向那些我所渴望的事情上：我想学会骑两轮车，我想扔掉挂在衣橱里的带圆点花纹的裙子，我想在礼拜日穿旅游鞋而不穿那亮黑的皮鞋。奶奶笑了，好像她已看透我的心思，她说："要保证那是你真诚的愿望。"

春日融融，我在墓地里默默祈祷——寿比南山松不老，奶奶！

"幸运币要久留，"奶奶说，"因为有的愿望要过好久才能实现。"尽管那样，我知道奶奶的话仍有道理。我把幸运币塞到鞋坑里，这样就万无一失；回家时则放在枕头下，安然无恙。

那年九月，奶奶去世了。那天晚上，屋里似有异常之兆，我轻轻爬下床，拿出那枚和奶奶一起发现的幸运币。它珍藏完好。我把它紧紧握在手里，我知道过去对它寄托的愿望将难实现；我知道从那一天——去墓地的那个礼拜日起，也将有一天会去祭拜奶奶。

举行葬礼那天，我发现了另一枚幸运币。"这样的日子我能交好运？"我心中茫然，想不去捡它，但我想起了那天在墓地里奶奶用拐杖叩着幸运币的情景，我记得，阳光照在我的脸上，新割下来的草清香四溢，花岗石嵌在墓前。现在，这就是奶奶的家了。

我捡起幸运币，塞进我的黑皮鞋里，收藏了一天，从墓地回家后，我把奶奶的茶杯从碗橱里取出，把幸运币放在茶杯里，然后把茶杯置于我的床头柜上。

现在，幸运币仍珍藏在我身边，其实，我已收藏了数千枚。我能发现它们，是继承了奶奶的第六感觉，这些幸运币，装满了我的花瓶、首饰箱、塑料袋和钱包，装满了食品罐、饼干盒、咖啡听和瓷杯。

我甚至用幸运币作为处事依据。通常在我遇到麻烦或有要事定夺之际,幸运币预示着我祈求的小小奇迹。它们使我深信:我无力企及的目标也终将如愿。

奶奶说,幸运币是天赐之物,而我则觉得,幸运币是奶奶的馈赠。奶奶仿佛在注视着我的生活,仿佛在鼓励我:“很好。艾琳!”她用匈牙利语叫我的名字:“你会通过它获得成功。”

或许我寄予幸运币的第一个愿望确已成真——奶奶并不曾离去,每次我捡起幸运币的时候,我都想起她;我看见奶奶斜依拐杖,老态龙钟,目视双足;我听见了奶奶的声音,那是她唤我入睡的催眠曲,还有在静夜里清晰可辨的匈牙利语的祈祷声。

“幸运幸运,降我好运,我心之诚,此物为证。”

有些人一旦错过就不再

赏析/李　毅

文中的奶奶让我想起我的爷爷,那枚幸运币让我回忆起爷爷很多的话……

俗话说:家有一老,如有一宝。又有人说过:一位老人的逝世犹如一座图书馆被焚毁。老者,智者也。在经历过大半生的洗礼后,我们的爷爷奶奶成为了经验与智慧的集大成者。“听君一席话,胜读十年书”便是最好的诠释。

父母抚养子女长大成人,给予我们发达的身体,爷爷奶奶抚养儿孙长大成人,哺育我们理性的精神、健康的灵魂。可怜天下的不只是父母心,还应该有祖辈们对年轻一代的循循善诱之心。当世界这片白纸放在一无所知的你面前时,是祖父祖母教会你如何去答卷;当生活这门学问摆在少不更事的你面前时,是祖父祖母们教会你如何去认识;当挫折这碗苦茶放在心灵脆弱的你面前时,是祖父祖母们教会你如何一饮而尽;当成功这朵玫瑰放在骄傲自满的你面前时,是祖父祖母们教会你如何虚心学习……

我们应该懂得珍惜这份来之不易又来日不长的时光。遗憾的是,我们时下却有很多年轻朋友对祖辈的教导置若罔闻,一部分朋友嫌弃祖辈的苦口婆心,甚至对祖辈们出言不逊,这是何等的悲哀啊!

我的爷爷去世四年了,至今他的很多话仍然铭刻在我脑海里。它是一份无价的财富,一份人生当中再也买不到的财富!

就这样一天一天的，祖父，后园，我，这三样是一样也不可缺少的了。

祖 父

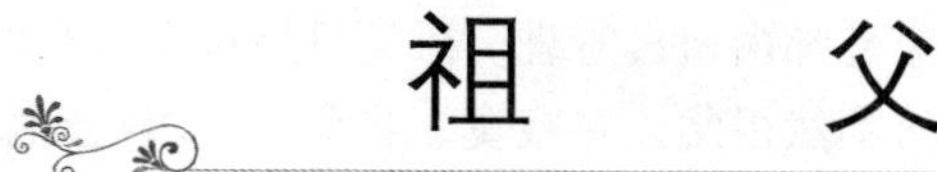

●文/萧 红

祖父的眼睛是笑盈盈的，祖父的笑，常常笑得和孩子似的。

祖父是个长得很高的人，身体很健康，手里喜欢拿着个手杖。嘴上则不住地抽着旱烟管，遇到了小孩子，每每喜欢开个玩笑，说：

"你看天空飞个家雀。"

趁那孩子往天空一看，就伸出手去把那孩子的帽子给取下来了，有的时候放在长衫的下边，有的时候放在袖口里头。他说：

"家雀叼走了你的帽啦。"

孩子们都知道了祖父的这一手了，并不以为奇，就抱住他的大腿，向他要帽子，摸着他的袖管，撕着他的衣襟，一直到找出帽子来为止。

祖父常常这样做，也总是把帽子放在同一个地方，总是放在袖口和衣襟下。那些搜索他的孩子没有一次不是在他衣襟下把帽子拿出来的，好像他和孩子们约定了似的："我就放在这块，你来找吧！"

这样的不知做过了多少次，就像老太太永久讲着"上山打老虎"这一个故事给孩子们听似的，哪怕是已经听过了五百遍，也还是在那里回回拍手，回回叫好。

每当祖父这样做一次的时候，祖父和孩子们都一齐地笑得不得了。好像这戏还像第一次演似的。

别人看了祖父这样做，也有笑的，可不是笑祖父的手法好，而是笑他天天使用一种方法抓掉了孩子的帽子，这未免可笑。

祖父不怎样会理财，一切家务都由祖母管理。祖父只是自由自在地一天闲着。我想，幸好我长大了，我三岁了，不然祖父该多寂寞。我会走了，我会跑了。我走不动的时候，祖父就抱着我；我走动了，祖父就拉着我。一天到晚，门里门外，寸步不离，而祖父多半是在后园里，于是我也在后园里。

我小的时候，没有什么同伴，我是我母亲的第一个孩子。

我记事很早，在我三岁的时候，我记得我的祖母用针刺过我的手指，所以我很不喜欢她。我家的窗子，都是四边糊纸，当中嵌着玻璃。祖母是有洁癖的，以她屋的窗纸最白净。

别人抱着把我一放在祖母的炕边上，我不假思索地就要往炕里边跑，跑到窗子那里，就伸出手去，把那白白透着花窗棂的纸窗给捅了几个洞，若不加阻止，就必得挨着排给捅破，若有人招呼着我，我也得加速地抢着多捅几个才能停止。手指一触到窗上，那纸窗像小鼓似的，嘭嘭地就破了。破得越多，自己越得意。祖母若来追我的时候，我就越得意了，笑得拍着手，跳着脚的跑。

有一天祖母看我来了，她拿了一个大针就到窗子外边去等我去了。我刚一伸出手去，手指就痛得厉害。我就叫起来了。那就是祖母用针刺了我。

从此，我就记住了，我不喜欢她。

虽然她也给我糖吃，她咳嗽时吃猪腰烧川贝母，也分给我猪腰，但是我吃了猪腰还是不喜欢她。

在她临死之前，病重的时候，我还会吓了她一跳。有一次她自己一个人坐在炕上熬药，药壶是坐在炭火盆上，因为屋里特别的寂静，听得见那药壶骨碌骨碌地响。祖母住着两间房子，是里外屋，恰巧外屋也没有人，里屋也没人，就是她自己。我把门一开，祖母并没有看见我，于是我就用拳头在板壁上，咚咚地打了两拳。我听到祖母"哟"地一声，铁火剪子就掉在地上了。

我再探头一望，祖母就骂起我来。她好像就要下地来追我似的。我就一边笑着，一边跑了。

我这样地吓唬祖母，也并不是向她报仇，那时我才五岁，是不晓得什么的，也许觉得这样好玩。

祖父一天到晚是闲着的，祖母什么工作也不分配给他。只有一件事，就是祖母的地椓上的摆设,有一套锡器,却总是祖父擦的。这可不知道是祖母派给他的,还是他自动的愿意工作,每当祖父一擦的时候,我就不高兴,一方面是不能领着我到后园里去玩了,另一方面祖父因此常常挨骂,祖母骂他懒,骂他擦得不干净。祖母骂祖父的时候,就常常不知为什么连我也骂上。

祖母一骂祖父,我就拉着祖父的手往外边走,一边说:

“我们后园里去吧。”

也许因此祖母也骂了我。

她骂祖父是“死脑瓜骨”,骂我是“小死脑瓜骨”。

我拉着祖父就到后园里去了,一到了后园里,立刻就另是一个世界了。绝不是那房子里的狭窄的世界,而是宽广的,人和天地在一起,天地是那么大,那么远,用手摸不到天空。

而土地上所长的又是那么繁华,一眼看上去,是看不完的,只觉得眼前鲜绿的一片。

一到后园里,我就没有对象地奔了出去,好像我是看准了什么而奔去了似的,好像有什么在那儿等着我似的。其实我是什么目的也没有。只觉得这园子里边无论什么东西都是活的,好像我的腿也非跳不可了。

若不是把全身的力量跳尽了,祖父怕我累了想招呼住我,那是不可能的,反而他越招呼,我越不听话。

等到自己实在跑不动了,才坐下来休息,那休息也是很快的,也不过随便在秧子上摘下一个黄瓜来,吃了也就好了。

休息好了又是跑。

樱桃树,明是没有结樱桃,就偏跑到树上去找樱桃。李子树是半死的样子了,本不结李子的,就偏去找李子。一边在找,还一边大声地喊,在问着祖父:

“爷爷，樱桃树为什么不结樱桃？”

祖父老远地回答着：

“因为没有开花，就不结樱桃。”

再问：

“为什么樱桃树不开花？”

祖父说：

“因为你嘴馋，它就不开花。”

我一听了这话，明明是嘲笑我的话，于是就飞奔着跑到祖父那里，似乎是很生气的样子。等祖父把眼睛一抬，他用了完全没有恶意的眼睛一看我，我立刻就笑了。而且是笑了半天的工夫才能够止住，不知哪里来了那许多的高兴。顿时后园都让我搅乱了，我笑的声音不知有多大，自己都感到震耳了。

后园中有一棵玫瑰。一到五月就开花的。一直开到六月。

花朵和酱油碟那么大。开得很茂盛，满树都是，因为花香，招来了很多的蜂子，嗡嗡地在玫瑰树那儿闹着。

别的一切都玩厌了的时候，我就想起来去摘玫瑰花，摘了一大堆把草帽脱下来用帽兜子盛着。在摘那花的时候，有两种恐惧，一种是怕蜂子的勾刺人，另一种是怕玫瑰的刺刺手。好不容易摘了一大堆，摘完了可又不知道做什么了。忽然异想天开，这花若给祖父戴起来该多好看。

祖父蹲在地上拔草，我就给他戴花。祖父只知道我是在捉弄他的帽子，而不知道我到底是在干什么。我把他的草帽给他插了一圈的花，红彤彤的二三十朵。我一边插着一边笑，当我听到祖父说：

“今年春天雨水大，咱们这棵玫瑰开得这么香。二里路也怕闻得到的。”

就把我笑得哆嗦起来。我几乎没有支持的能力再插上去。

等我插完了，祖父还是安然的不晓得。他还照样地拔着垅上的草。我跑得很远地站着，我不敢往祖父那边看，一看就想笑。所以我借机进屋去找一点吃的来，还没有等我回到园中，祖父也进屋来了。

那满头红彤彤的花朵，一进来祖母就看见了。她看见了什么也没说，就大笑了起来。父亲母亲也笑了起来，而以我笑得最厉害，我在炕上打着滚笑。

祖父把帽子摘下来一看，原来那玫瑰的香并不是因为今年春天雨水大的缘故，而是那花就顶在他的头上。

他把帽子放下，他笑了十多分钟还停不住，过一会儿一想起来，又笑了。

祖父刚有点忘记了，我就在旁边提着说：

“爷爷……今年春天雨水大呀……”

一提起，祖父的笑就来了。于是我也在炕上打起滚来。

就这样一天一天的，祖父，后园，我，这三样是一样也不可缺少的了。

刮了风，下了雨，祖父不知怎样，在我却是非常寂寞的了。去没有去处，玩没有玩的，觉得这一天不知有多少日子那么长。

平淡中的暖暖亲情

赏析／黄珍珍

《祖父》一文，作者以行云流水般的文字记叙了自己与祖父之间那种浓浓的爷孙情。平实、简单而又到位的叙述，让人感觉到了爷孙间流动着一股暖暖的亲情。正是这种平淡的叙述，让人看到了一个慈祥、善良、有着孩童般天真的心的祖父。

关于我和我的爷爷，似乎没有太多的记忆。惟一记得的是那挥之不去的伤痛和仿佛要用它尖尖的牛角把我挑上天空的大水牛。与爷爷一起的童年，太苦、太痛，让我对记忆有了选择性的筛选。融入这篇文章，就突然让人产生了一种"妒忌"的感觉。看着他们爷孙俩的趣事，似乎也想跻身于他们的行列中，一起摘玫瑰花，一起在院子里玩耍。浓浓的亲情，浓浓的爱意，便在这娓娓道来的叙述中溢满纸张了。那般的场景，似乎是小角落里头的一点笑声，却又有着天广地阔、永远摸不着边的感觉。

其实，"我"与祖父的天地，就是整个世界。与其说文章是写祖父，不如说是通过写祖父这一形象，体现无限的亲情，缓缓流动在心间的、暖暖的情感。平淡之中的叙述，就是最真实、最真切的感受。正如我的祖父在我的脑海里的，更多的是离开家乡之后，我成长岁月中的祖父，祖父去城里看望我时带去的家乡小吃，以及他愈见苍老的容颜。这些在生活中悄悄溜走的岁月，平淡的时光，才是我经常温习的和祖父之间的拳拳亲情。

她的叮嘱她的一片苦心最终让孙子醒悟，这是祖母爱的叮咛。

牧羊女

●文/[美]威廉·萨罗扬　颜　艳　王仲堂　译

我亲爱的祖母——愿上帝祝福她——认为人人都应该劳动。刚才在饭桌上，她对我说："你一定要学会一样好手艺，用泥土、木材、五金或布料都可以，造出一些于人有益的东西来。一个年轻人绝不应该一样高贵的手艺都不会。你能制做些什么呢？你能做一张简单的桌子、一把椅子、一块小地毯、一把咖啡壶吗？这些东西里面你会制作其中的一件吗？"

我的祖母愤然地瞅着我。

"我知道，你自认为是一个作家，我料想你也是一个作家。你整天一个劲地抽烟，把房子弄得乌烟瘴气。但是你必须学会做些实实在在的事情，做些有用的事情，做些能看得到摸得着的事情。"

"有一个伊朗国王，"我祖母说，"他的儿子爱上了一个牧羊女。王子去找国王说，父王陛下，我爱上了一个牧羊女，我要娶她为妻。国王说，我是国王，你是我的儿子，我去世以后，你便是一国之君了，你怎么能娶一个牧羊女呢？王子说，父王陛下，我不知道我可不可以娶一个牧羊女，我只知道我爱这位姑娘，想娶她为我的王后。

"国王感到他儿子对那位姑娘的爱情是上帝的意志。于是他说，好了，既然你这么爱她，非要娶她为妻，我也不阻拦你了。我这就派一位使者去告诉那位牧羊女，我儿子爱上她了，要娶她为妻。使者到了牧羊女家，转达了国王的旨意。那位姑娘说，他做什么工啊？使者说，什么？他是国王的儿子，他什么工也不做。姑娘说，他必须学会做工。那使者回到了国王跟前，把牧羊女说的话一五一十地报告给他。

"国王对他儿子说，那位牧羊女希望你学门手艺，你还要娶她为妻吗？王子说，是的，我要学编织草席。于是王子就学习编织各式各样、各种颜色和图案的草席。三天后，他学会了编织草席，而且编织得非常精美。那使者带着王子编织的草席又去牧羊女家告诉她说，这些草席是国王的儿子编织的。于是那位姑娘同使者一块到了王宫里，她成了王子的妻子。”

“一天，”我祖母说，“国王的儿子正在大街上走路，他发现一家非常雅洁的餐馆，便走了进去，选了一张桌子坐下。

“这家餐馆是一些强盗经常出没的地方，他们把王子抓走了，把他投进了一个很大的地牢，那里关押着许多城里的达官贵人。这帮杀人越货的强盗，把俘虏中的胖子宰了喂养瘦子，以此寻开心。俘虏中数王子最瘦弱。他们不知道他是波斯国王的儿子，所以他没有被杀。王子对那帮杀人强盗说，我是一个草编工，我编的草席价值连城。他们给他一些草，让他在三天之内编出来。王子很快就编完了三张草席，对那帮强盗说，把这些席子送到波斯国王的宫殿里去，每张席子国王会给你一百根金条的。

“于是，草席运到了国王的宫殿里。当国王看见那三张草席时，他发现那些草席是他儿子编的。他把那三张草席带给牧羊女看，说，有人把这些草席运到皇宫里来了，这三张草席是我失踪了的儿子编的。牧羊女拿起草席仔细察看每张草席的设计式样。她看到她丈夫用波斯文编下的求救信息，她把这信息告诉了国王。

“国王立即派了很多士兵去强盗那里，”我祖母说，“救出了所有被监禁的人并杀死了所有的强盗。国王的儿子安全回到王宫里，回到了小牧羊女他妻子的身边。当王子走进宫殿，与他妻子重逢时，他俯伏在她跟前，抱住她的脚说，亲爱的，完全是因为你我才能够活着！国王因此也非常疼爱这位牧羊女了。”

“现在你该明白了吧，”我祖母说，“为什么人人都要学会一门高贵的手艺?！”

“我非常明白。”我说，“等我挣了钱，买一把锯和一把锤子，我将尽我所能，打一把简单的椅子和一个书架。”

爱的叮咛

赏析／黄洁珊

人人都应该劳动。“你一定要学会一样好手艺”,“一个年轻人绝不应该一样高贵的手艺都不会。”祖母语重心长地叮嘱“我”要学会一门手艺,劝说“我”不要只会一个劲地抽烟,

而要学会做些实实在在的事情,做些有用的事情,做些能看得到摸得着的事情。她讲述了一个牧羊女的故事:

王子要娶牧羊女为妻,国王大为不解,见儿子深爱牧羊女,国王派使者转达旨意,牧羊女却说:“他必须学会做工。”为什么牧羊女要求王子学工呢?伊朗国的王子有必要学做工吗?国王很为意外,他认为牧羊女地位卑微,本不赞成王子娶她,但她居然还提出这样的要求。“那位牧羊女希望你学门手艺,你还要娶她为妻吗?”王子的回答是肯定的。

我们不解,疑惑牧羊女奇怪的要求,直到王子落难,被强盗所抓,他的手艺派上了用场——草席为他传达了信息,也解救了他的性命。一手看似低微、粗俗、无用的手艺竟救了王子的性命。我们在感叹之余,能不看到牧羊女的聪明吗?能不看到手艺的重要吗?王子感激她,“他俯伏在她跟前,抱住她的脚说,亲爱的,完全是因为你我才能够活着!”国王因此也非常疼爱这位牧羊女了。

祖母说这个故事的用意何在?我们能不看到她的苦心吗。“我”明白了她的用心良苦。她的叮嘱她的一片苦心最终让孙子醒悟,这是祖母爱的叮咛。

一个故事神奇得让“我”醒悟:“我非常明白。等我挣了钱,买一把锯和一把锤子,我将尽我所能,打一把简单的椅子和一个书架。”祖母的叮咛有了一个响亮的回声,她能不高兴吗?

古语有云：子不教，父之过。为人父母者，给予孩子的不仅是物质上的支持，还应是精神上的财富。

沃夫卡和祖母

●文/[前苏联]阿·阿克谢诺娃

原先沃夫卡和他的父母住在北部的摩尔曼斯克。三年前，他母亲不幸病逝。他父亲是位船长，经常出海，无法关照他，好心的邻居把小沃夫卡接到自己家里住。后来，父亲决定把他送到乡下祖母那里去度假。

开始，他并不太喜欢祖母。沃夫卡已习惯于所有亲朋好友都娇宠他，可这位祖母却并不溺爱他。

就在第一天，沃夫卡扭伤了脚，疼得他号啕大哭了好久。但祖母却平静地说："别哭啦！你又不是小孩子！"说完，就让他去商店买面包。沃夫卡只得去了。

他把面包买回来，往桌上一扔，说道：

"给你面包。"

"你这是干什么，怎么这样说话？"祖母生气地说。

沃夫卡也不答话，扭头就去睡觉。他嘴上说不想吃饭了，心里却在想，祖母肯定会来问他，并会逼着他去吃晚饭。但祖母什么也没问，也没叫他去吃晚饭。早晨起来，沃夫卡还得打水，买面包，然后到地里帮祖母干活。沃夫卡对这一切老大不痛快。有一次，他对祖母说："您写信让父亲来接我回去吧！"

"没关系，你会习惯的。"祖母答道。

"我要把这一切都告诉我父亲。我为什么整天干活？我现在是放假，我应该休息，可我却整天干活。"

"别人都在干活嘛，你又不是小孩子。"

"可我才上二年级！我不过才九岁。"

"所以我说你已经是大孩子了。我九岁的时候，早就下地劳动了。"

但沃夫卡还是赌气不再好好干活了。他想，如果他干得很糟，祖母也就不会再让他干了。有一天，他没去商店，晚上祖母说："今天我们不吃晚饭了。因为没有面包吃。"结果沃夫卡只得饿着肚子去睡觉。当祖母明白过来后对他说:"这是无济于事的,你还要住在这里,而且也会喜欢上你的祖母。"

沃夫卡生气地瞪着她,一句话也没说。

有一天,沃夫卡跟他的好朋友维佳谈起了他的祖母。可维佳却对他说:

"你还不了解她,她可是个无所不能的人。村里的人谁都非常敬爱她。她懂很多,甚至还会治病。我们有个邻居有一次头疼得很厉害,吃什么药都不管用。而你的祖母很快就用草药把他治好了。"

"她还会干什么?"沃夫卡兴致勃勃地问道。

"什么都会,"维佳答道,"她能识别所有的草木,她还特别善于洞察人们的内心世界。"

"这倒是,"沃夫卡说,"她总能知道我在想什么。"有一次,沃夫卡和祖母一起到大森林里去。祖母在森林里如入家门:每一棵小草,每一棵树木都成了她的老相识。祖母告诉沃夫卡各种各样的小草:瞧,这棵小草专治头痛病,那棵小草专治心脏病。

"你怎么会知道这些的?"沃夫卡问。

"我在乡下住了一辈子,我的母亲特别熟悉这些草木,是她告诉我的。"

"奶奶,那你是怎么把那个人的病治好的?"沃夫卡决心问个明白。

"什么人?"

"你们村上的,他头疼得很厉害,吃什么药都不管用。"

"我已经记不得了,"祖母说,"怎么治好的?你看到了吧,我知道头疼时吃那种草药管用。"

"那吃药为什么不管用呢?"

"因为他并不相信他能康复。"

"那他相信你吗?"

"是的,我把草药给他,并告诉他,过三天就会好的。重要的是他信任我。"

现在,沃夫卡已经喜欢上了祖母,他决心也做一个值得别人信任的人。现在,祖母让他干什么,他都乐意去干。他喜欢祖母不像小孩子那样娇惯他。

几天过去了。从摩尔曼斯克拍来一封电报,祖母看了电报说:"嘿,这下你该高兴!"

"父亲要走吗?"

"不是父亲要走,而是你要走。"

"为什么?"沃夫卡问道。

"因为你父亲希望你回去。"

"那剩你一个人怎么办？"

"如果你愿意，还可以到我这儿来；如果不愿意，就说明你祖母不怎么样。"

汉夫卡想对祖母说，他非常爱她，但什么也没说出来。他站在那儿，泪水夺眶而出。

祖母的教育

赏析／方　芳

她不像一般的祖母那样溺爱孩子，而是把他当作大孩子，要他干活，不让他坐享其成。沃夫卡赌气不吃饭，祖母并没有像他想像的那样去逼他吃，而是让他饿着睡觉。我想沃夫卡也从中懂得了做人要为自己的言行负责任这道理了。祖母不娇宠他，是不爱他吗？不，她是很懂得孙子的心理的，知道他哭、不吃饭只是为了博取她的同情，而她却要培养他独立自强的性格。这样的教育方式，很值得我们的家长学习。中国封建时代的皇帝们都随历史而去了，然而在今天，我们却培养出了千千万万的"自家小皇帝"，他们在家里高高在上。我们不难看到六七十岁的爷爷奶奶们捧着饭碗紧跟在六七岁的孙子后面，但很难看到一位大孩子会进厨房里和爸妈一起做家务。他们从小过惯养尊处优的生活，长大后是否可以吃苦耐劳真的很让人担忧。

古语有云：子不教，父之过。为人父母者，给予孩子的不仅是物质上的支持，还应是精神上的财富，例如坚强、诚信。这些财富才可以跟随他们一辈子，并且可以创造更多的财富。

现在阿婆仍独自守着老屋。她不知道什么叫幸福，什么叫不幸福。她只知道人不应该随随便便地停歇下来，因为活着有时是一种责任。

阿婆谣

●文/杨燕群

在我们侗寨，有一首很单调的歌——《阿婆谣》。歌词只有两句极简单的问答："太阳歇得么？歇得。阿婆歇得么？歇不得。歇不得。"

我小时候，阿婆把我背在竹篓里，在灶头教我唱这首歌的时候，我把她头上包着的黑色丝帕扯下来，用小手指戳着那个大大的发髻，问阿婆："怎么歇不得哩？"阿婆边舀米汤边回答说："阿婆要带枫妹子长大，枫妹子长大了，还有弟弟。"

等阿婆的竹篓换上我弟弟时，她的牙已经全掉了，花白的头发仍盘成一个小小的髻，由于她用茶油枯洗头，所以头发仍很光亮，只是她的背已经弓得像水牯牛的角了，我常常担心弟弟从竹篓里掉出来。

我念初中的时候，妈妈去了广州打工，父亲跟着一个江湖医生走街串巷去了，阿婆的眼睛黯下去了很多。两个姑母虽然离娘家很近，但一年也难得来走动几次。每次我在阿婆面前愤愤地说她们没有孝心时，阿婆总是说两个姑母都已经是别人家的人了，每家都有自己的事，她不怪她们。阿婆已经年近八旬，雨雪风霜，四季交替，让她对人对事都看得很淡了。

阿婆喂了几只鸡，吃过早饭阳光很好的时候，她会坐在靠板壁的长凳上，把丝帕解下来，边梳着几根稀疏的头发，边守着鸡吃食。当看到咯咯叫的大公鸡欺负小母鸡时，便会跺着脚把公鸡赶开，再在别处撒一把米，让那涎脸的公鸡去吃。当然那公鸡是免不了要被教训一顿的。骂骂鸡，阿婆似乎可以排遣一下终日无人说话的憋闷。

一天到晚，阿婆总是弓着背，抬起小脚转罗着，很少有坐下来歇憩的时候。虽然家里只有阿婆一人，不用去田里做阳春，可她得自己料理菜园。四月的时候，用簸箕晒很多干菜，豆角啦、笋子啦、蕨菜啦……晒干了，好让弟弟带到学校去吃。阿婆老了，胳膊的劲儿也泄了，所以只挑得动半担粪水，而且还得慢慢地歇几次才能到菜园。夏天的时候，她得把辣椒摘下来，晒干或剁碎了泡进坛子，秋天再泡进一些生姜，等着我和弟弟过年回去吃。冬天的时候等母猪生了崽，一天得要三篮猪菜。下雨的时候，手摸到菜觉得冰沁冰沁的，洗完一篮菜烘烘手，再去扯两篮。找完猪菜，一个下午也过去了。总之，一天到黑，从春到冬，娇小的阿婆总有她忙不完的事。她一个人转悠着，很难找到人说说话。

阿婆常说自己老了，就像萤火虫尾巴上绿豆大的一点光，微弱得很。身体弱了，胆子也就小了。我家对面是两座坟山。一座是祖坟，另一个山头是荒坟，埋了些死得不干净的人如上吊死的、喝农药死的妇人、夭折的孩子。老屋又是那么孤零零的，上下前后都没有人家，于是，和阿婆相伴的只有夏日傍晚对门坡上那绿莹莹的鬼火和寒雨之夜呜呜的鬼哭。阿婆说，人越老阳气也就越枯了，于是鬼便会缠上身来。秋天的时候，屋门口那棵合抱的枫树经过几个早上的白霜，叶子便明黄起来，又带些深紫。晚上的时候，叶子刷刷地落，而且经常有猫头鹰凄厉地叫着："快拖，快拖。"阿婆说那是阎罗王叫鬼拖人的魂走，于是每晚早早地关门睡觉。

有时，也有几个老妇人来串串门子，阿婆必留下她们吃饭，有特别要好的，她便拿出自己的绣花寿鞋和的确良的寿衣给别人看看，谈谈棺木板子的材料和厚薄。当别人看着她那双自己绣的寿鞋，流露羡慕的神色，她便说："我现在是一点也不怕死的，只是我死了家里便冷清了，两个孩子造孽啊。"

大姑母家养了一只小狗，那只狗经常跑到我们家来，阿婆给它取了一个名叫温皮。温皮是我爷爷的小名。每次吃饭前，阿婆总是先给狗装好饭菜，然后才端起自己的开水泡饭。阿婆待狗极好，那只狗便很少愿意回姑母家了。它喜欢跟着阿婆，阿婆走到哪儿，它跟到哪儿。

可有一天，温皮不见了。阿婆猜想可能它回姑母家的时候被姑父用绳子拴了起来。那是他买来看家的狗，把它拴起来不让它乱跑似乎也是理所当然。阿婆想得通这个道理，但觉得一幢大房子，没有了熟悉的狗叫，便冷清了。

那晚下着雨，她没有吃晚饭便缩在火厢里。恍惚中她看见了一个穿蓝衣的"鬼"翻窗进了房，然后去翻箱子。箱子里是她的寿衣和绣花的寿鞋。她战战兢兢地习惯性地叫了一声："温皮。"可狗没有叫。床离火厢只有三步远，可她不敢下火厢。于是就这样蜷在小小的火厢里眼睁睁地看着"鬼"翻了一夜的箱子，一直等到鸡叫，她才上床。

第二天，阿婆下不了地，一个人躺在床上，不吃也不喝。到了下午，酒喜从屋背过路叫她的时候，才知道阿婆病了。酒喜煮了稀饭喂她，可阿婆只是别过脸去，叹口气说："温皮要带我去了，我也应该去土垒里歇歇了。"说完，泪便流了下来，酒喜用衣角擦擦眼睛，劝她说："娘妈，你还得撑下去，你死了，两个孩子便没有了着落，你守着老屋，枫妹子和她弟弟进屋的时候也有阿婆可以叫。"阿婆用枕巾擦了一把脸，勉强坐了起来，喝稀饭时，一滴泪滴到了碗里。

等我和弟弟赶回家的时候，阿婆已经可以在灶屋做饭了。只是她的颧骨更加凸了出来，眼睛灰蒙蒙的，像是夏天早上起的雾。她恳求我叫来村东头的童子婆。

吃过晚饭，阿婆把一升米放到八仙桌上，米上用红纸封了皱巴巴的十块钱，那是阿婆卖了二十个鸡蛋得的。熄了电灯，童子婆开始双腿颤抖起来，念念有词地跟着"师父"去阴间找爷爷的魂了。阿婆定定地望着童子婆，灰色的眼睛里有两点亮光在跳动。突然，童子婆的腿停止了颤动，重重地咳嗽了一下，阴阳怪调地问："你是不是这样咳的？"童子婆顿了顿，用一个男人的声音问道："金川，你还好吗？"阿婆意识到爷爷的魂已经托了童子婆的体，于是哭了起来："你什么时候来接我过去？"弟弟牵了牵我的手，打了个冷颤，我紧紧地握着他的手，叫他别怕。我不忍心告诉阿婆那是骗人的把戏，因为它可以把阿婆的生活装扮得不十分枯燥，在平凡而单调的日子里，让生命发出一点希望和幻想来。在自己的鬼神世界里，守着自己的命运和良心单纯而宿命地活下去。我想阿婆也许是累了，但爷爷的魂说要她再在世上活几年，于是阿婆似乎又意识到了自己的责任，活下去的责任。但她仍止不住哭，无助得像被扔到深山老林中的婴儿。

我考上大学那一年，弟弟刚初中毕业便去了广州。我进了北京一所大学，阿婆逢人便会高兴地说："我孙女考上北大了。"别人恭维她命好，老来得福，于是，她满是皱纹的脸便会笑成一团，像蜕下的皱巴巴的蚕皮。

我走的前一天，阿婆办了八桌酒席。她颠着小脚挨家挨户地通知了邻近的所有亲戚，而且给乡政府和村长送了两包烟算是请柬。那晚，别人敬了她很多酒，每杯酒她都一饮而尽了，而且还和一些老妇人对唱了酒歌。散了席后，阿婆拿了一把有靠背的竹椅坐在枫树下，让我陪在她旁边。她的脸因了酒而有点酡红。阿婆笑眯眯地望着我，似乎很满足很骄傲地说："枫妹子有出息了，是阿婆把你背大的哩。"

我望着浓茂的枫树叶子,低低地说:“阿婆,我走了,别挂念我。”阿婆不说话,半晌她才说:“我教你唱山歌吧,到了城里,无论做了什么大官,都不要忘了家乡的根,家乡的人。”我点点头。于是,阿婆微闭着双眼,用沙哑的声音教我唱山歌。

现在阿婆仍独自守着老屋。她不知道什么叫幸福,什么叫不幸福。她只知道人不应该随随便便地停歇下来,因为活着有时是一种责任。

阿婆不歇

赏析/许妍敏

太阳歇得么?歇得。阿婆歇得么?歇不得,歇不得。

简单淳朴的侗寨歌谣,三言两语诉尽侗家阿婆一生的责任。太阳普照大地,无私地照料万物,却有东升西落歇息的时刻。阿婆喂养一代代侗家子孙,即使背弓得像水牯牛的角,仍散发着夕阳的余温,从不停歇地给予子孙福荫。

雨雪风霜,年近八旬,阿婆的心淡了。真的淡了么?对人对事看得淡了,惟独对枫妹子姐弟是上心的。教训以大欺小的公鸡,因为阿婆见不得大的罔顾责任;在菜园劳碌,是为了让姐弟俩吃上自家的干菜;转悠着忙不完的事,是因为心中存着对孩子的温情惦念,这种记挂是足以打发无人说话的憋闷的。

最心疼阿婆的孤零,心中除了孩子,还有老伴的影子。让人看寿衣寿鞋,喊狗叫温皮,那是一份感情的寄托。直到狗不见了,阿婆在病中说“温皮要带我去了”,才恍然,原来阿婆是想歇息了。“我也该去土垄里歇歇了。”这分言语,沉重得让人心疼。老人不是歇不得,只是她一直以来都不愿意歇,阿婆觉得一歇下,“两个孩子造孽啊”!

阿婆是个利索的老人,憋闷、寂寞都没使她掉半滴泪,只是想到自己该歇息了,泪便流了下来。一直是舍不得姐弟俩的,只是累了,滴到碗里的一滴泪水包含了阿婆矛盾而深厚的含蓄的爱。

看到阿婆在“爷爷”(童子婆)面前哭得不能自已,无助得像被扔到深山老林中的婴儿。我被感染了,饱经风雨的老人变成未涉世的婴孩,所有的力量趋于无。这是一种何等复杂的心情,使得老人满怀委屈,在此之前又是一种何等强烈的感情支撑着老人为子孙坚守。一并迸发出来的,是阿婆厚重的爱。

子孙走出大山,阿婆守着老屋,“至少,枫妹子和她弟弟进屋的时候也有阿婆可以叫。”

"爷爷站在那里,仰起头,把学校很严肃地打量了一阵子。"这间乡村小学,承载着爷爷多大的寄托?

教育诗

●文/黄建国

过一会儿,爷爷就要把孙子送进小学校的大门了。现在,他们走在通往学校的小路上。

九月的头一天是个挺好的日子,阳光清亮透明,风也凉爽,因为晚上下过一场雨,路面还湿漉漉的,但已不泥泞,个别低洼处积着雨水,偶尔低头一看,能看见天上的一两朵白云映浮在里面。头顶上不时有鸟掠过,"喳"的一声,飞到了玉米地里,落在玉米穗吐出的缨子上。缨子有粉红色的,米黄色的,奶油色的,吊在鲜绿的玉米秆中间,很是光彩夺目。

学校位于村子的东南角,有一条小路通向那里。爷爷和孙子就走在这条小路上。孙子的头脸洗得干干净净,衣服也比较整洁,斜挎一只新书包,一只手紧紧按在上边,看上去蛮像个认真的小学生。爷爷有些驼背,是个瘦小的老头,走路一晃一晃的。他把孙子的手牵在自己手里。

"从今天开始,你要把贪玩儿的心收了。"爷爷说,"你是个学生了。"

"哦。"孙子说,"一会儿就会发新书,还有本子、铅笔、橡皮擦。"

"让你念书不容易哩。"爷爷说,"你爸你妈为了你能念书,他们才到很远的地方去打工。"

"我知道。"孙子说,"过不了多长时间,说不定我就能看懂我爸写的信了。"

爷爷说:"念书要一心一意地念,你把贪玩儿的心要收了。"

孙子说:"我白天黑夜念,行不?"

爷爷说:"不能像你爸,三天打鱼两天晒网,只念了半截。你问他去,他现在后悔死了,做不成啥事,只能去给人做苦工。世上没有后悔药吃啊。"

孙子说:"你别给我说这个!我是我,跟他不一样。"

爷爷说:"所以我说,不能再野了,要把心收住。"

孙子说:“你老说这句话,我都听过好几遍了。学校里还滚铁环哩。”

爷爷说:“那不一样。老师安排的事情不一样。哦,我突然记起来了,学校这地方原来是一座庙,我小时候还去烧过香哩。”

“庙是干啥的?”

“敬神的。”

“神为啥看不见?”

“庙里有塑身哩。把庙改成了学校,就是念书的地方了。在念书的地方吗,就要把心用上,写不好字,先生打板子哩,把手心打得红肿红肿,吸溜溜痛。”

“爷爷你挨过板子吗?板子是啥样子?”

“啊,没有。没见过,爷爷没进过学堂。”

“那你干啥呢?”

“拾粪。”

“你爸你妈为啥不去打工让你念书哩?”

“这个嘛,啊,这个嘛,那时候……爷爷给你说不清。反正爷爷不识字,一辈子没离开过这个村子。你爸念书少,只能出去打打工,做不了大事情。你好好把书念到肚子里,以后就会去大地方,离开村子经见外面的事情。”

“为啥要离开呢?咱们村子不好好的吗?”

“啊,这个嘛,怎么说呢,好是好,不过嘛,做不了啥大事情。你看看村长,也没多少本事。这地方限制人哩。”

“我以后还能回村子吗?”孙子突然这样说。

“能哩!”爷爷说,“你想回就回来嘛。你也许会骑一匹马,很威风,啊不,现在早已不兴骑马了,你也许会坐一辆小卧车回来,更威风哩!”

“我让你也坐。还有我奶奶。”

爷爷没吭声。爷爷叹了口气。爷爷很伤感地说:“爷爷坐不上啦。到那个时候,爷爷已经入土啦。”

“我不让你入土。你入了土我把你挖出来。”

爷爷又不吭声了。爷爷拍拍孙子的头说:“你胡说呢。爷爷啥时候才能享上你的福啊。啊,咱不说这些了。主要是肚子里要有墨水,你不能胡野了,把心收到念书上来。”

“你又说这话了,人家已经给你说过了。”

“我琢磨,念书和种地是同一个道理。俗话说,人哄地一时,地误人一年。你要是哄书哄字,你爸的辛苦钱就白花了。更要紧的是,最终就把你自己哄了,耽搁了,哭都哭不出眼泪呢。”

孙子说："我为啥要哭呢？我不哄我自己。"

爷爷说："这就对了。有志气哩。这就好。"

他们走到了小学校门口。有很多学生从学校门口出出进进。爷爷松开孙子的手，爷爷说："今天是开学第一天，以后你要自己操心上学。进去，快进去。"

"哦。我知道啦。"

爷爷说："啊，还有一件事，咱们村里有两位识文断字的大先生，小时候都是在这里念的书。你听见了吗？"

孙子已经跑进学校里了，他转身朝爷爷摆了摆手，示意爷爷回家去。但是，爷爷没有立即回家，爷爷站在那里，仰起头，把学校很严肃地打量了一阵子。

学习的动力

赏析／芳　芳

一条蜿蜒的小路，从落后的乡村小学延伸到外面的文明世界，路上有无数行脚印，或长或短，都是踏实而弯曲，其中有一行是属于我的。

乡村的学校，很简陋，但希望的种子、文明的种子，在这里孕育。

爷爷不识字，一辈子没离开过村子，爸爸念了一点书，出去外面打工，但做不了大事。孙子若想到外面闯出一番大事业，就要多念书。对于许多农民的儿女来说，要跳出农门，最实在的办法就是去学校，依靠知识改变命运。

爷爷没有什么知识，更不懂什么教育原理，他能给孙子的，就是在他身上打一支抵抗后悔病的预防针，在他心中播下希望的种子，这也是普遍农村家长的愿望和做法。"爷爷站在那里，仰起头，把学校很严肃地打量了一阵子。"这间乡村小学，承载着爷爷多大的寄托？

对孙子来说，刚踏入校门是一件很新鲜的事情，他期待着新书、本子、铅笔，对学习有一种本能的向往。他懂得父母到外面打工赚钱供他读书不容易，盼望自己以后开着小车回来探望爷爷奶奶。这种回报父母、出人头地的想法也是莘莘学子的学习动力。我不否定这个出发点是好的，只是心里有点沉重。因为我发现很多人在学校的时间越长，对学习的兴趣就越少，这是我们的教育制度的问题，没有保护好学生的兴趣也没有激发我们的潜力。最后维持我们埋头苦读的就是那份从小植根于我们心中的"回报父母、出人头地"的压力。

我们每个人都会面对至爱之人的离去，那离去了的，就成了亲切哀伤的怀念，那仍伴着我们的，就是爱。爱不短暂，也永远不会消逝。

墙上的图画

●文/丁肃清

珍奶把一大盘刚出锅的羊肉放在桌上，一边吹拂着烫痛了的手指一边说："趁热吃！清炖羊肉。"

飘飘袅袅的热气弥漫着异香，诱引得我的喉头连连蠕动。为欢迎我回老家来，她特意让人宰了一只羊。我是珍奶抱养长大，对老人家情同生母，时常回老家探视，已成为我生活中的重要内容。

看着我大口的吞咽，珍奶慈祥的脸上如暖风吹皱了的一池春水，细细密密的皱纹每一条都笑着。

"你爷在世时也好吃肉。"她说，"三天没肉就像热锅上的蚂蚁团团转。"

爷去世已经多年，可是每当我同珍奶叙话，她总是提起爷这个话题。这一次，她又讲了那个不知讲了多少遍的故事："打日本那时，你爷是土八路，轻易不敢回家来，怕汉奸告密。有一天晚上回来，浑身上下成了泥人，躺在炕上就'呼噜呼噜'地睡，那脚上黑压压的一片蒺藜刺儿，我用针一根一根地挖，他都睡不醒……"

儿时就听珍奶说这故事，那时候珍奶的故事美妙，像童话。如今听起来淡了，淡得像一碗白开水。真想让珍奶多说点别的，可提起爷过去的事情，她总是十分投入地唠叨个没完。

院里，"咩咩"地颤抖着几声羊叫，像小孩子的哭泣。我吞下去的羊肉莫名其妙地噎住了，一种说不清楚的感情撩拨着我的心。从窗子往外看，不见有羊的影子，只从窗外的墙根下传来一声声的羊叫。

珍奶见状出门。我随出。门外的墙上，挂着一张尚湿的山羊皮，正是珍奶为招待我刚宰的那只羊。墙根下，站着珍奶喂养的另一只羊，它仰起头，在墙上那张羊皮上依偎，深深地在那皮毛上舔、舔……我的心为之震颤。

珍奶牵开那只羊，说："这东西，还有灵性哩！"

那一晚，我的胃里毛扎扎地难受，没有情绪同前来串门聊天的乡邻叙话。珍奶却说得高兴，少不了又提起爷的故事："……那天他摸黑儿回家来，躺在炕上就'呼噜呼噜'地睡，那脚上的蒺藜刺儿，黑压压的一厚层，用针一根一根地挖，他都睡不醒……"

说得我真有些不耐烦，就说："老提这事儿干吗？说点别的好不好？"

灯光下，珍奶的脸刷地变红，对众人尴尬一笑，久久不语。第二日，我要离家归城。在院里，我发现墙上少了那张羊皮，却留下了一个灰暗色的羊皮印儿，清清楚楚依然在目。这时珍奶正打发行李袋，嘱咐着为我送行。那只山羊"咩咩"地叫着猛然蹿出，蹭在那墙上，在皮毛留下的印迹上猛舔："沙——沙——"青砖上的黏沙窸窸窣窣落地。珍奶用脚踢它："这东西，想成精啦？滚开！"这是我平生见到的最壮烈的一幕。

车窗外，一路的风声雨声，全像是那只山羊舔墙的"沙沙"声……我固守了多年的一种进化观轰然坍塌：只有人类才有思维有情感？不是这样！那一山一水，一花一木，一鸟一虫，或许都有自己的喜怒哀乐呢！

又过了很久，回故里探望珍奶。她像是一下子老了，满头的银白，没有了以往甜甜的笑意，脸颊的皱褶和郁闷紧板板地滞结在一起。话也少，只是忙里忙外为我烧火做饭。

她已是七十五岁的高龄！

我漫步在院里，又瞧见那面墙壁上，上面隐隐约约还有那张羊皮的印迹，印迹上斑斑条条涂满艳红，像一幅绝妙的图画。我断定，那是那只山羊舔上去的舌血！

只是不见了那只生灵。问及它，珍奶说："不忍看它舔墙的样儿，赶集把它卖了。"

真叫人感慨。动物虽然不会说话，无法与人沟通，可它们何尝没有悲欢离合的故事。动物尚且有情有感，何况人哉！于是，我顿生怜悯。七十五岁高龄的珍奶，孤独寂寥的珍奶，用心血和爱把我滋养成人的珍奶，岁月沧桑积蓄在她心中的情感像一部厚厚的家传宝书，我竟然一点没有读懂！

珍奶仍在默默地拾掇家务。

我在等她再说起爷的故事，再听听她讲……爷回来躺在炕上呼噜呼噜就睡了，那脚上的蒺藜刺儿黑压压的一层，用针一根一根地挑都挑不醒他……那个故事。

可珍奶终竟没有再讲。

现在我懂了，爷的故事原本就是珍奶心中遮风挡雨的一面墙。她是在用心系恋，在那墙上描绘图画！

我真笨，在那鲜灵灵的绘画前，我竟然麻木不仁呆若木鸡！真想哭。

于是我拉珍奶坐下，还像孩童时那般端坐在她的面前，对她说：想听听你讲爷的故事。

这是爱

赏析／吴慧君

这是一篇感情细腻的文章，蕴含的爱情、亲情就像一锅香浓甘醇的老火靓汤。

珍奶为欢迎我回老家，特意让人宰了一只羊。而另一只羊却执著地在墙上那张羊皮上依偎，深深地在那张皮毛上舔、舔……即使墙上只留下一个灰暗色的羊皮印，小羊仍是执著地舔，为了曾经铭心的温暖而如飞蛾扑火般地寻找。

珍奶何曾不爱那只被宰的羊，但相对自己抱养长大的孩子，珍奶选择了后者。这是爱，珍奶就像那只小羊不断寻找逝去的爱。珍奶不断跟"我"重提爷的事，是因为她觉得"我"是她的依靠，是她的牵挂。珍奶不断提起她的丈夫，也是因为他是她心中最柔软的地方，是她眼里一颗拿不出的沙，一旦触及，总会荡漾着几分幸福的泪水。每当看到小羊舔羊皮的时候，珍奶都会想起那死去的爷，她把最后那一只羊卖了，不想看到它，也是不想睹物思人吧，因为那一份思念实在太沉重了，直叫人心痛。生命如同大海，生时，我们同舟共济，谁是谁最重要的人？一旦另一半走了，留下的便是长长的思念……

珍奶，让我想到了我的奶奶。我是奶奶一手带大的，她和妈妈在我生命中拥有同等的地位，只是奶奶的爱多了一份慈祥与厚道。奶奶喜欢用砂锅为我熬汤，那汤总是那么甜那么暖人心房。她喜欢唠叨，喜欢不停地嘱咐我，这是我最甜蜜的负担。她也喜欢讲一些她年轻时的故事，这是一种幸福的提醒。

我们每个人都会面对至爱之人的离去，那离去了的，就成了亲切哀伤的怀念，那仍伴着我们的，就是爱。爱不短暂，也永远不会消逝。

要记住改变这个世界的不是上帝而是爱，无论是给予还是接受，有爱就是幸福的。只要人人都献出一点爱，世界将变成美好的人间。

母狼报恩

●文/娄兰芳

放暑假的第二天，拉扎尔和爷爷同去牧羊。一天，羊群走到一片草木茂盛的缓坡上时，拉扎尔发现在羊群的中间有只大灰狼。他大声叫："爷爷，狼来了。快开枪！"爷爷以为拉扎尔看花了眼，他一边津津有味地抽烟，一边说，大白天，狼不敢袭击羊群。在孙子的又一次催促下，才朝羊群望去，只见一只大灰狼在羊群中跑着。爷爷立即取下猎枪，瞄准了狼。正要扣扳机的时候，他看见了狼的肚皮下有一排胀鼓鼓的乳房，那狼步子左右摇晃，不断地朝他们张望，根本没碰一只羊。只是穿过羊群，向山谷跑去。爷爷没有开枪，拉扎尔又急又气地在马背上乱跳。爷爷解释说，这是一只正哺乳的母狼，它今天的举动十分反常，很可能附近有狼窝。拉扎尔一听顿时兴奋起来，带着一只牧羊犬，就在山坡四周开始寻找狼窝。不一会果然就发现了一个洞口，离青灰母狼出现的地方不到一百米远。这时，拉扎尔才明白，原来母狼在大白天突然出现，是为了转移视线，保护它的幼崽。拉扎尔接着大喊："爷爷，快拿锄头来掘狼窝。"爷爷听到喊声，立刻背着枪来到洞旁边，先用耳朵贴在洞口处，听了一会儿，笑着对拉扎尔说："这些狼崽刚出生，还没见过天日呢，把它们弄死了，怪可怜的，饶了它们吧？"爷爷说罢，拉着孙子下山去了。

后来，拉扎尔跟着爷爷在山谷里放了二十多天的羊，没有一只羊被咬死。随后，他们赶着羊群到了一条无名山谷，这里人迹罕至，嫩绿的草长得有半人高。羊群到了这里，吃饱喝足之后，就在草地上互相嬉戏。

爷爷骑马观察山谷四周时，发现这里有许多的牛羊骨架，他马上意识到，这里有凶猛的野兽出没。应该在天黑之前离开这里。可到了黄昏时羊群就是不肯离开。无可奈何只好架起帐篷。凭爷爷的经验，这里，晚上肯定会有猛兽来袭击羊群，必须充分做好对付野兽的准备。

深夜，天空飘起雪花，羊群挤在一起，不时发出咩咩的叫声。这时，两只牧羊犬几乎同时猛吠起来，离开主人箭一般地朝羊圈方向窜去。爷爷知道一定是野兽来袭击羊群了。他连忙把熟睡的孙子摇醒，叫他把火烧旺一点，嘱咐他千万不要走出帐篷。

帐篷外不断传来吠声、羊咩声和低沉的野兽吼声，拉扎尔担心爷爷有什么意外，迅速点燃松枝火把走出帐篷，大声喊着爷爷。这时远处的树林里传来牧羊犬的惨叫声，两只牧羊犬都被咬死了！他想，爷爷一个人肯定斗不过狼群。他举着火把，边跑边喊道："爷爷！危险！快回来！"

拉扎尔已举着火把跑到爷爷身后。他突然在火光中看见一只雪豹向爷爷扑去。拉扎尔举着火把冲到爷爷面前。这时雪豹刚好落下，把拉扎尔扑倒在地，准备咬他的咽喉。爷爷见孙子有危险，举枪对准雪豹，准备射击，谁知雪豹和孙子扭在一起，他怕误伤孙子，只得用枪托猛砸雪豹的脑袋。雪豹放开拉扎尔，大吼一声，将爷爷扑倒在地。就在这生死关头，黑暗中传来几声狼叫声，不知道它们是从哪里窜出来，一齐从后面咬住了雪豹，只听雪豹惨叫一声，放开爷爷，掉头扑向两只狼。狼见雪豹转过头来，立即后退，把雪豹引到一块平坦的草地上，狼豹双方对峙着。这时，爷爷从地上站起来了，他再次举枪对准雪豹时，雪豹又腾空一跃，将爷爷扑倒。这时，两只狼也同时跃到雪豹的身边，一只狼在前面佯战，另一只狼乘机咬住雪豹的肛门，雪豹痛得惨叫一声，转过头来对付咬它肛门的那只狼。谁知这只狼紧咬着雪豹的肛门不放，并拼命往后拖，把雪豹的肛门连着肠子一起拖了出来。雪豹抽搐几下，再也不动了。

爷爷一眼就认出了那只母狼，顿时恍然大悟，对着又惊又喜的拉扎尔说："是这对老狼夫妇救了咱们爷孙俩的命呀！"

这，也许就是那老狼夫妇在报恩吧?!

心灵的广阔　爱的世界

赏析／程　光

记得法国作家雨果说过：世界上最广阔的是海洋，比海洋更广阔的是天空，比天空还要广阔的是人的心灵。正是因为有这样的心灵，有这样的爱心，在面对牧羊人的敌人——狼的时候，爷爷才说出了那句纯真简朴的话，"这些狼崽刚出生，还没见过天日呢，把它们弄死了，怪可怜的，饶了它们吧！"就这样一句纯真简朴的话后来却救了他们爷俩的命。

爱，在付出的时候人们可能根本就没有想到回报。文中的爷爷正是如此，想不到救了他们爷俩的是他曾经付出的爱。爷爷用一个老牧人的简单淳朴的爱无形之中教育了孙子：当自己给予别人爱的时候，同时也是给自己以爱。

爱，是最美好的情感，有爱的时候便如饮夏日的清泉，轻快而飘逸。要记住改变这个世界的不是上帝而是爱，无论是给予还是接受，有爱就是幸福的。只要人人都献出一点爱，世界将变成美好的人间。

我很敬佩老人可以把生命看得如此平凡，无异于海岛上的石像。也许，就是这一份平常心，让他对异赏的人生释怀，可以活得这么有姿有彩。

复活节岛的落日

●文/杨少衡

"那时太阳落在海面上。"老人说，"那是让人一眼看去永远忘不了的奇迹——几层楼那么高的巨大石像站在海岸上，排成一排，面对落日眺望远方。在大洋中一个人迹稀少的小岛上，石像就像一队天外来客，没有人知道它们为什么会在远古突然出现在那一座小岛上。"

"复活节岛？"

老人点了点头。他苍白的脸上布满风霜的印迹。他坐在轮椅上。海滨公园的黄昏像往常一样静寂冷清，风在树梢轻摇，白色的海浪线在空旷的沙滩上翻卷，涛声翻复着，蓝色海洋的尽头，一座黑黝黝的岛礁上垂着一轮日复一日垂挂在那里的平静的落日。

"那座岛屿在南太平洋上，南回归线的南边。"老人说，"我到那儿寻找奇迹。从我听到那些石像的传说后，我就一直在想着它们。我知道那些巨人石像紧闭着嘴唇，嘴唇里含着一个永恒的生命之谜，那个谜等着一个人去译解，那个人就是我。"

"那有几万公里呀！您怎么到的那儿？坐飞机？坐船？您当过水手，还是地理学家？"

老人没有回答。他沉浸在他浪迹天涯的回顾里。他垂着眼睑，嗓子里咕噜咕噜有如梦呓。静静的滨海大道上就他们两人：老人和他的对话者。对话者是个小伙子，他看着海洋远处。

"那些石像排列在海边上，一动不动地眺望远方。太阳正一点儿一点儿地沉入海面，海面像红色的火焰熊熊燃烧。"老人说，"我跟那些石像一起站在岸边看着落日。"

"真漂亮！"

"我听到石像在低语：用涛声低语。南太平洋的海涛此起彼伏，无休无止，长长的，从石像的脚下一直滚到太阳落下的那个地方。”

“不同凡响。”小伙子赞叹道，“那么您知道那个谜了？关于生命的？”

“我知道。”老人说，“宇宙间最了不起的奇迹是什么？是生命。就是它。”

老人深深陷入他的思绪之中，他没再说话，渐渐地在海滨习习晚风中沉沉睡去。小伙子听到海滨大道上清脆的高跟鞋声咔咔响着向这边走来。

“谢谢您帮我照顾他。”走过来的姑娘说，“现在我要把他推回去了。”

小伙子看看轮椅上的老人，他垂着头，头发稀疏斑白。

“他是我伯父。”姑娘道，“很不幸。三岁时得了小儿麻痹症，在轮椅上硬撑了一辈子。”

“他到过很多地方？”

“他从没离开过这座城市。”

轮椅上的老人面对大海，瘦小的身躯在海风中蜷成一团。他像在沉思默想，像是马上要化成一道光华升腾而去。宽阔无边的海洋尽头垂挂着一轮灿烂的落日……

宇宙的奇迹

赏析／陈艳芳

我无法想像这个从小不能走路的老人是怎样走过这几十年的生命历程的，他的想像为什么可以这样唯美？海岛上，一排巨大的石像，面对落日眺望远方，看海浪起伏，听涛声低语，紧闭着嘴，含着一个永恒的生命之迷……虽然千百年来不曾移步，但生命之色毫不黯然。而老人，正如那一轮垂挂在海洋尽头的落日，平静而灿烂。

何处春江无明月？何处海面无落日？此刻的老人与石像，处于同一海平线上，一同欣赏着同样静寂冷清的黄昏，感受着同样的从树梢间传来的风，凝望着同样的白色海岸线，看着漂亮的落日，天涯共此时啊！

老天爷是有良心的，它剥夺了某一部分人的健康之后，会在别处馈赠他们，让他们可以好好地生存下去。正如地坛之于史铁生，复活节岛之于老人。我想，伴随老人一路走来的一定有不少苦恼、迷惘，甚至是绝望。然而，复活节岛上的石像给了他复活的灵感。“从我听到那些话后，我就一直想着它们”，终于想出了宇宙的奇迹——生命，他与石像一样都是宇宙创造出来的生命，万事万物也不例外。我觉得当他可以这样想时，他已经可以胸怀宇宙，怎么会容纳不下自己残缺的下肢？这样的胸怀，是不是辽阔大海的馈赠呢？他与石像是惺惺相惜的生命，是与众不同的"天外来客"，没有可以移动的双腿，但却可以读懂生命的真谛。

我很敬佩老人可以把生命看得如此平凡，无异于海岛上的石像。也许，就是这一份平常心，让他对异赏的人生释怀，可以活得这么有姿有彩。

人生不如意事十常八九。我们也应该像这位老人一样，以一种平常心容纳生活的缺陷，不要让缺陷妨碍人生路上前进的步伐。

用第一抹光线的纯净 为你画一双眼睛
用第一朵花开的声音 为你唱一首歌曲
用所有春天的消息 为你写下传奇
用初次看见你时我幸福的泪滴 写下祈祷的心声
这世界有你的爱才永恒

用第一颗水滴的透明 和你心灵同行
用第一缕微风的清新 伴你冬去春来
用所有夜晚的月光 陪你迎来黎明
用第一次想你时我的心情 写下祝福的话语
这世界有你的爱才永恒

祝福这蓝色的星球 永远有绿色的戈壁
祝福这漫蓝的世界 拥有最美的歌唱
这世界有你的爱才永恒

感动系列

今年桂花不飘香

记着有人在爱你

面对久已不在的容颜
于转身的瞬间
依然记起
在爬满蓝色牵牛的窗口
少年孤寂的梦想
曾经怎样忧伤地凝望远方

也许此后的某个午夜
将有一种熟悉的曲调穿越时空
在不知名的地方破梦惊起
是缠绵悱恻的阳关曲
还是心中纠结如藤的记忆

突然，而且真切地，我明白了他不说再见的意思，那是拒绝向悲哀屈服啊。

不说再见

●译/霍革军

十岁那年，我突然面临要从我熟悉的家搬走的苦恼。我的整个生命是在那所又大又旧的房子里度过的，和它一样短促，那里融合着四代人的欢笑和眼泪。

最后一天来到时，我跑到屋后，独自坐着，全身战栗，眼泪从心底涌出。突然，我感到一只手搭在我的肩上。一抬头，见是爷爷。“这不容易，是吗，比里？”他柔声说，坐在我旁边的台阶上。

“爷爷。”我透过眼泪回答：“我怎么能对你和我所有的朋友说再见呢？”

他凝视着苹果树林，缓缓地说：“再见是一个令人悲伤的词汇，用在朋友身上似乎太决断，太冷漠了。说再见的方式有很多，它们都有一个共同点：悲伤。”

我盯着他的脸。他轻轻地把我的手握在他手中。“跟我来吧，我的朋友。”他耳语道。

我们手拉手走向前院他喜欢的地方，那儿，一株硕大的红色蔷薇孤独、显眼地耸立在那里。

“你在这里看见了什么呢，比里？”他问。

我看着蔷薇花，不知道说什么。然后回答：“我看见温柔美丽的东西，爷爷。”

他跪下来，把我拉到他身边。“并不只是玫瑰才美丽，比里。是你心中那个特别的地方才使它们如此美丽。”

他的眼睛再次和我相遇。“比里，我是很久以前种下这些玫瑰的——当时还没有你母亲。我在第一个儿子出生那天把它们栽进土里。这是我对上帝表示感谢的方式。男孩的名字叫比里，和你的一样。我常看见他从母亲手上摘玫瑰花。”

我看见爷爷眼中闪着泪光。我以前从没见他哭过。他的声音变得沙哑了。

“一天，发生了一场可怕的战争。我儿子，像许多儿子一样，前去和一个大魔头作战。我和他一起去火车站……十个月后，来了一份电报。我儿子在意大利的某个小村牺牲了。而我在他有生之年说的最后一句话就是再见。”

爷爷慢慢地站起身。“不要说再见，比里。不要向这句悲伤、孤独的话屈服。我要你记住第一次和朋友打招呼时的欢乐和幸福。记住那声特别的问候，把它锁进你的心中——在你心中始终有夏天的那个地方。当你和你的朋友注定要分别时，我要你在内心深处寻找，找回那句第一声的问候。”

一年半后，爷爷患了重病。他在医院住了几个星期，回家后，他要人把他的床放在窗户旁边，他在那里能看见蔷薇。

随后，家人们被召了回来，我又回到那个老房子。长孙被允许向爷爷道别。

当轮到我时，我注意到他的神情是那么的疲惫。他紧闭双眼，呼吸缓慢而艰难。

我像他曾经握着我的手那样握住他的手。

“你好，爷爷。”我轻声说。他的眼睛慢慢地睁开了。

“你好，我的朋友。”他短促地笑了笑，眼睛再次闭上。我走了过去。

一位叔叔来告诉我爷爷去世时，我正站在他的蔷薇旁。我想起了爷爷的话，在我心灵深处搜寻那些曾铸就我们友谊的特殊感情。突然，而且真切地，我明白了他不说再见的意思，那是拒绝向悲哀屈服啊。

问候是爱的开始

赏析／朱海燕

“不要说再见，不要向这句悲伤、孤独的话屈服。当你和你的朋友注定要分别时，要在内心深处寻找，找回那句第一声的问候。”爷爷的一句话教会了孙子面对离别的坚强。老人的辞世并不是要给孙子留下悲伤与孤独，而是要让孙子以另外一种方式延续彼此之间的爱，那就是找回那句第一声的问候，找回彼此间熟悉的感觉。

每个人都会面临与亲人、朋友离别的时刻，那是一个令人伤感的过程，大多数人都习惯于幻想离别后的痛苦、孤独，抱怨命运残忍的安排，一句“再见”让自己沉浸在无限伤感中而无法自拔。其实，我们并不是只剩下痛苦的回忆，分别只是另一种相处方式的开始。我们可以彼此想念，彼此祝福，那第一声的问候是我们熟悉的开始，也是我们分别后再延续感情的开始。不要说再见，因为我们的心未曾分开过。

带着孙子的问候，爷爷去了，飞向了另外一个国度，但他并没有离开，因为他与孙子还有彼此的问候。

无论何时何地，奶奶耗尽全身力气的爱，都会守护着女孩那颗细小的心灵。

风　景

●文/墨　白

叶坐在雪地上，回头望望她刚刚走出的医院，她想，要是能堆一个大雪人该有多好呀！可是到哪里去堆呢？回家吗？和爸爸离了婚的妈妈已经到南方的一个城市里去了，爸爸也到南方去做一笔大生意去了，现在，家里同这个季节一样的寒冷。她扬起脸，痴痴地想，到哪里去堆个雪人呢？她伸出舌头舔舔化成了水的雪，慢慢地闭上了眼睛，她仿佛看到了空旷洁白的原野，看到了奶奶拄着拐杖立在村头的家门前向远方眺望。她感到有两行热乎乎的泪水从眼角里溢出来，她没有去擦，仍旧那样扬着脸，感觉着雪的飘落。

在一个大雪纷飞的下午，一个名叫叶的女孩在城市的街道里乘上了开往乡村的客车。她的面色苍白，身穿红色羽绒服的售票员很同情这个瘦小的女孩，她没有让她买车票，一直把她送到她要去的那个名叫楸树庄的地方。叶看着那辆客车随着公路远去，然后才转身走进村子。飘扬着雪花的村道上很少有人走动，叶的身影在寂静的村道里显得很单薄，她很费力地穿过村道来到村边的一所被许多干枯的树枝围成的院子前。叶站在柴门前，目光越过院子看到了院子深处的房屋，就忍不住叫一声：奶奶——她一边叫着奶奶一边朝房子奔跑，叶在奔向房子的过程中看到了那扇黑赭色的门开了，她看到奶奶拄着拐杖颤巍巍地出现在门口。

奶奶说，叶，是叶吗？叶不顾一切地扑到奶奶的怀抱里。奶奶用苍老的手抚摸着叶冻得冰凉的小脸，她叠声地叫着：乖，是你吗？乖，真是你吗？奶就要去看你哩，鸡蛋都弄好了，可奶走不动，奶又晕车……你爸哩？

泪水从叶的眼眶里涌出来。奶奶说：他把你一个人丢在医院里了？这个懒种！乖，别哭，给奶说，你好点了吗？叶说：我老觉得没劲，奶，啥是白血病？我听他们偷偷地说我是白血病，白血病好治吗？

老人把叶紧紧地搂在怀里，苍老的泪水从她的眼里流出来。她说：好治，好治，我苦命的孩子……叶慢慢地推开奶奶，说：我想堆个大雪人。奶奶说：乖，你歇着，奶去给你堆。

叶说：不，奶，我自己堆。奶说：中，你自己堆，奶去给你做饭好吗？

在冬季里一个大雪纷飞的傍晚，一个名叫叶的女孩在奶奶苍老的视线下吃力地堆着雪人，她的脸色越来越苍白，在天色暗淡下来的时候，那把铁锨从她的手中滑落，她无力地坐在地上。奶奶走过来扶起自己的孙女。奶奶说：乖，回去歇会儿，等明天再堆。叶在奶奶的帮助下回到了屋里，她在奶奶温暖的地铺上很快就睡着了。

叶醒来的时候，天已经亮了，她在地铺上和屋子里没有看到奶奶的身影。她拉开门，眼前出现的情景使她愣住了。她看到了一个老大老大的雪人坐在院子里向她微笑，在雪人的旁边，她看到了奶奶。奶奶盘腿坐在那里，好像好累好累，奶奶的身上和四周落满了厚厚的白雪。叶叫着跑过去，可是奶奶没有说话，奶奶一动不动地坐在那里，好像睡着了。叶不敢惊动奶奶，她悄悄地在奶奶身边坐下来，一直坐了很久很久。冬季白雪的风景在她幼小的脑海里化成一幅永恒的图片。

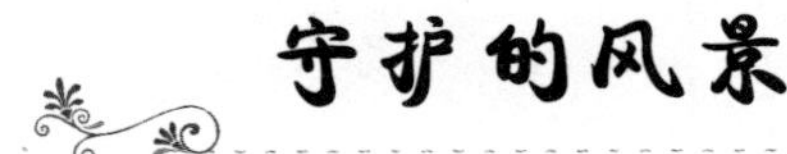

守护的风景

赏析／许妍敏

女孩孤身一人走在冰冷的大街上，扬起脸，在雪花底下接受冬季的洗礼，流下两行热泪，这是寂寞的风景。

空旷洁白的原野，奶奶拄着拐杖在村头的家门前向远方眺望，这是盼望的风景。

寂寞的并不寂寞，乡下有人盼望着她。

颤巍巍的老人迎来了许久的等待，却不料迎来的还有无尽的心疼。孩子孤叶飘零，老人风烛残年，相对而泪洒，弥漫着浓烈的祖孙情。

冬季里大雪纷飞的傍晚，女孩、老人、雪，有点苍凉又有点温暖的风景。苍老的视线追随着年轻的身影，满心的关怀萦绕在孤独的心灵四周，想要守护女孩一辈子，老人却力不从心。这个连雪人也无法堆好的女孩很快就累了，在奶奶的温暖下睡着了。于是，奶奶抱着老弱的身躯，凭着对孙女诉不尽道不完的疼爱，在女孩睡着的时候，替女孩堆雪人，堆了个大雪人，好等女孩醒来时有个惊喜。

大雪停了。女孩醒了。

一个老大老大的雪人，微笑的雪人，还有一个盘腿而坐，一动不动仿佛睡着的老人，皑皑白雪落在老人身上，厚厚的，这是守护的风景。

无论何时何地，奶奶耗尽全身力气的爱，都会守护着女孩那颗细小的心灵。

因为有爱，所以感动；因为感动，所以美丽！

生命与爱

●文/龙新霖

我刚满一岁时，不幸的魔影就悄悄地附在我的身上，我在医院病床上挣扎了一个多月，居然活了下来。

一家人还来不及欢天喜地，很快就发现我的两脚畸形。

那以后，在漫长的二十多年里，父亲从没有对我露过笑脸。于是，祖父散发着汗酸味的脊背就成了我童年的摇篮，背负着我童年的孤苦与辛酸，也背负着我五彩缤纷的梦。

夏夜，晚风如丝，吹得路旁的凤尾竹沙沙作响，大坝上蛙声如鼓，此起彼伏。祖父背着我走在月光如银的石板路上：

“月亮娘娘
请来洗衣裳

白白洗白白浪
打扮弟弟上学堂……”

祖父一遍一遍地唱着，沙哑的歌声为我驱赶着孤独与忧伤。

饱经沧桑的祖父，人世的风雨练就了他一副倔强的性格。

我念二年级时，年事已高的祖父，承包放养队上的十几头水牛。星期天，丁丁当当的牛铃，引着我走进山里，走进了森林……

慈祥的祖父牵着我的手在森林里走。不时告诉我那花那草的名字和有关它们的故事传说。他还爬上树给我摘野果掏鸟蛋。有一次，我正躺在松柔的草地上，望着被交叉盘结的树枝划破了的一块块蓝天出神。“罗小，你看，我给你捉了1只鸟儿。”祖父喊着我的乳名说。我一骨碌坐起来，一只小鸟“弟弟、弟弟”鸣叫着在祖父手上扑腾。它长得非常好看，红红的尖嘴巴，青黄色的头上有一个绿绸般的绒毛球。祖父割一根细山藤，捆住小鸟黄色的长脚杆，把细藤的一头让我牵着。

“爷爷，这是什么鸟？”

“叫招弟鸟。”

“为什么叫招弟鸟？”我好奇地问道。

祖父慢慢地卷了一支旱烟，点上火，狠吸一口，喷出一团呛人的烟雾，然后讲起一个古老的传说——

相传很久很久以前，有姐弟俩，被后娘百般虐待，过着连猪狗也不如的日子。一天，弟弟被狠心的后娘毒打一顿后撵出了家门，姐姐从坡上砍柴回来不见了弟弟，她顾不得累和饿，丢下柴担就去寻找。姐姐翻山越岭，跋山过水，十多天过去了，人们再也不见姐姐归来，只看见一只鸟儿飞过一山又一山，“弟弟，弟弟”凄伤地叫个不停。人们说那是姐姐变的，就叫它做招弟鸟。

泪水浸湿了我的眼眶，一股同病相怜的情感搅痛了我的心。我缓缓解开了小鸟脚上的细藤，理了理它零乱的羽毛，然后张开手……

“罗小，你怎么把鸟儿放了？”祖父吃惊地问道。

望着渐渐高飞入云的小鸟，我泪水潸然：“爷爷，小鸟要去找弟弟呵。捆了它的脚它就不能飞了，就像我不能跑了一样……”

“孩子！”祖父把我紧紧地搂在汗津津的怀里。

一九七七年，我读完了小学之后就永远告别了校门。望着伙伴们背着崭新的书包，蹦蹦跳跳上学去，我哭了，绝望，无奈与孤独，我只好与书为伴，父亲和叔父在青年时代也是文学爱好者，家里有许多藏书。我正像高尔基说的“如一个饥汉扑在面包上”一样，囫囵吞枣地啃着一本本大部头的小说。

是书开启了我封闭的心灵，一本本书如在我面前推开了一扇扇窗户，使我看到了另一个美好的世界，从一个个不朽的艺术形象里，我懂得了做人应有的勇气和价值。

十六岁那年我开始提笔圆我的作家梦。于是，跟着祖父进山时，那头温驯的大牯牛的弯角上就挂上了一个小书包。闻着花香草香，我文思如泉涌，把祖父讲过的故事一个个整理出来。夜深人静，我守在昏黄的煤油灯下，把整理出来的故事一个字一个字地誊在方格稿纸上，再天南海北地投寄出去，然后焦虑地等待稿子的消息。不久，这些稿子又原封不动地回到我的手中。有一次，我花费两个多月心血写出来的一部中篇小说被退了回来，我无法承受这沉重的打击，扑在桌上放声痛哭！哭罢，划一根火柴把稿子点燃。那袅袅升起的青烟，像一把无形的刀在刺痛我的心，又似一个大大的问号：我到底还能做什么？我昏昏沉沉走上屋后的牛蹄坡，顺着沟底的小溪默默地走着。祖父正在对面坡上放牛，他喊了我几声，我什么都听不见，只感觉太阳穴在突突地跳，耳边有嗡嗡的声音在响。我来到两条溪流交汇的三岔谷口，坐在一块冰凉的岩石上，呆呆地望着哗哗东流的溪水出神。

不知过了多久，天气突然变了，头顶上滚过一声声闷雷，豆大的雨点丁丁冬冬跌进溪水里，激起一朵朵小小的浪花。奇怪，我身上不曾打着一个雨点。我抬起头来，见祖父正平举着用棕毛编织的坐垫为我遮雨，他自己却站在雨水中。刹那间，一股热浪在我胸中翻滚："爷爷——"我一头扎进祖父怀里呜呜地哭起来，遏止不住的泪水洒湿了祖父的衣襟。祖父轻轻抚摸着我的头发，手在微微发抖。我突然发现，祖父青筋凸暴的手背上流出殷红的血，顺着手腕淌进袖子里。"爷爷，你的手怎么出血了？"我抹了一把泪惊问道。祖父苍老的脸上露出一丝祥和、宽厚的笑容说："我刚才从坡上下来，不小心让石头划了一下。"原来，祖父见我行动异常，他来不及绕小路下山，就直接从山顶下来，我知道半山腰上全是寸草不生的滚石。"爷爷！"感激、惭愧带着痛苦与委屈的情感，像一匹狂怒的野马在我胸中冲撞、奔突！"爷爷，我当不了作家，我写的稿子人家都不要。"

祖父搂着我，轻轻叹了口气，说道："孩子，十磨九难成好人哪，哪有一锄头就挖出一个金狗崽的。走吧，我带你去一个地方。"

雨停了，我跟着祖父朝一座山顶爬去。弯弯曲曲的山道又滑又陡，我不时摔倒，手和膝盖都摔痛了。要是以往，祖父会回头拉我一把的，这次他没有。我望着祖父的背影，咬咬牙爬起来撑着拐杖又走，好不容易登上山顶，我通身透汗。祖父站在一棵遒劲的古松下，两眼眺望着远山对我说："罗小，人活一辈子，就像爬大山，路有弯有坎。人活一口气，跌倒要爬起来！"

直到这时，我才明白祖父的良苦用心，不觉胸口一热。我遥望着莽莽山脊龙腾蛇舞，群山奔涌横亘无际，一股豪迈不屈的激情在心中如奇峰突起！山风呼啸，万顷林涛如排空浊浪！我的意志和灵魂也随着山风融进了峭壁耸峙的坚韧之中！从那以后，我常常独自一人登高远眺，看远山近岫苍花茫茫，绿树碧草直接天涯，多少屈辱、痛苦都在“一览众山小”的壮阔美感中消失殆尽。人生匆匆，转眼即逝，而人活着的价值却应像青山一样永恒！“比陆地大的是海洋，比海洋大的是天空，比天空更宽广的是胸怀！”我把雨果的这句名言抄在板壁上。以后，我不再为自己的失败和别人刻薄的辱骂而流泪。

我发疯似的没日没夜地写，稿子一篇一篇寄出去，再一篇一篇被退回来，我还是写！写！！写！！！

“爸爸，给我两块钱买稿纸吧。”我第一次向父亲讨钱，声音怯怯的，心跳得厉害，像个叫花子。

“你要钱干什么？”父亲瞪我一眼。我的心头泛起一股酸楚与凄凉，我紧紧咬着嘴唇，强忍着不让泪水冲出来。

祖父无言地把我领进房间，从箱底下翻出一个红布包，一层一层地打开，我惊呆了，里面全是一捆一捆一角面额的钞票。祖父把钱塞进我手里说：“这是你奶奶几年来卖草鞋攒的二百块钱，本想留给你买一台缝纫机，我们老了，不能再帮你什么，你现在想写书，就拿去买些笔墨纸张吧。”

我接过浸透着祖母心血的钱，两手颤抖着，激动得不能自已……

寒来暑往，几度春秋。其间有过失败的沮丧，也有过成功的喜悦。几年来，我先后在国家级、省级和地市级报刊上发表过小说、故事近十万字，并于一九九零年加入省民间文艺家协会。然而，这一切祖父都不知道了。他过早地走了，带着对我的深深的关爱。

我再次走进大山，走进森林，寻找祖父留下的足迹。风声如啸，林涛依旧，祖父，你在哪里？多么想告诉你，我跌倒再爬起，一直走到现在。你会为我骄傲，是不是？会有泪沿着你苍老的面颊流淌下来，是不是啊，我的祖父？

美丽的感动

赏析／赖海燕

谁言：有了爱，生命更感动；有了生命，爱更完美。《生命与爱》让我肯定了这句话。他是一个侗族青年，一个立志献身于文学的残疾青年。在这篇小说中作者把真情实感渗透在字里行间，从而弥漫出他对生命与爱的深切感悟。

他身残志坚，努力追求自己的作家梦。在此过程中，他屡遭挫败，父亲又嘲笑他，因为残疾，“父亲没对他笑过”，不但不支持反而冷嘲热讽，致使他心灵受到极大的创伤。但不幸中有万幸，祖父的爱成了他生命中的感动。

“爱是驱使我们前进的最伟大的动力，爱是指引我们行动的力量”(果戈理)。在艰辛的寻梦途中，一次次的石沉大海，一次次的打击，使他动摇过，但祖父的教诲给了他无限的力量，“人活一辈子，就像爬大山，路有弯有坎。人活一口气，跌倒要爬起来！”这对作者而言，无疑是巨大的鼓舞和驱动力，至此，“一股豪迈不屈的激情在心中如奇峰突起”，“我的意志和灵魂也随着山风融进了峭壁耸峙的坚韧之中！”可以说是祖父用爱拯救了作者，使他一步步远离了绝望和死亡的陷阱。如今，他终于实现了梦想，“然而，这一切祖父都不知道了。他过早地走了，带着对我的深深的关爱。”祖父走了，留给他的是对祖父深深的歉意。

全篇虽然直接给读者的第一感觉是祖父的爱，但我们想像得到作者是多么热爱生命。面对残缺的躯体，他一定有过许多挣扎，受过许多煎熬，咽过许多泪水，但他始终没轻易向命运低头。他想躯体残缺了，精神一定不可以残缺！他成功了。

如果把作者的精神生命比喻成一条河流，那么，祖父的爱是这条河流的源泉。作者从中汲取了生存的勇气，智慧和信心。

生命与爱是如此伟大和崇高，又是如此密不可分。爱哺育了人，在爱的世界里，人获得了生命的新生；而生命是爱的摇篮，在这摇篮里，对热爱生命的英雄而言，他的生命得到了延长，从而发现了生命的意义。

因为有爱，所以感动；因为感动，所以美丽！

爷爷死后的第二年，那个生意人从美国回来了。他要把两万元美金给奶奶，奶奶说啥也不肯收。

善

●文/陈永林

爷爷说："那时我们家穷。"爷爷给我讲他的故事时，都是这么开头的。我接上爷爷的话："那可不是一般的穷，而是穷得餐餐喝稀得能当镜子照的粥……"爷爷像没听见我的话，自顾往下讲——

"一回，你爹病得厉害，请了郎中来看，郎中开了药单，让我去药铺里抓药。可我身上只几个铜板，我便找到刘光头借了两块银元。刘光头是个心狠手辣的大地主。你这个月借了他一块银元，下个月得还他两块银元。那时没办法……"

这个故事，爷爷已给我讲了许多次，听得我耳朵都起茧子了。

后来我爹的病好了。爷爷却高兴不起来，爷爷不知该从哪里弄四块银元还给刘光头。爷爷为此天天长吁短叹的，睡觉都睡不安稳，在床上翻来覆去的。一个月后，刘光头手下的人来讨账。爷爷拿不出，刘光头手下人说下个月爷爷如果不还四块银元，就把爷爷的右手剁了。

爷爷想来想去，想得头痛了，仍想不出挣钱的路子。"唉，还不了，就让刘光头把手剁了。"爷爷仍像以前一样，天天去山上砍一担柴回来。柴晒干了，就挑城里卖。

"那天天蒙蒙亮，我就扛着扁担进山了。我进了一片松树林，松树枝耐烧，好卖，价也卖得高些。我刚要砍柴时，忽然听到有人唉哟唉哟地唤……"

原来是个猎人。猎人摔了一跤，伤了脚，脚背肿得老高。猎人说他的骨头摔断了，求爷爷背他回家。爷爷二话没说就应下来。

猎人对爷爷说："你把我枪上的两只野鸡拿下来，晚上你全家可以吃一顿。"

爷爷翻过两座山，才把猎人背到家。爷爷在猎人家吃了中饭，砍了一堆松树枝，上了肩。爷爷想到晚上全家有野鸡吃，心里就高兴，一高兴就不觉得累。爷爷家已两年没闻过肉味了。

“我走到半路上，被一个男人拦住了。那男人面黄肌瘦，衣袋也破得不成样，头发鸡窝样乱蓬蓬，十足的一个叫花子。”

爷爷问那人为啥拦他的路，那男人望了一眼爷爷挂在松树枝上的野鸡说：“我已两天没吃饭了，你行行好……”男人的话没说完，便晕倒在地上。

爷爷放下柴，喂了男人两口水，男人才醒过来了，男人说：“谢谢你。”爷爷捡来一些枯树枝，拿松叶引着了，把一只鸡放在火上烤。

鸡还没熟，男人就迫不及待地吃起来。一支烟工夫，一只鸡全进了男人的肚子。

男人对爷爷说他是个生意人，身上的钱全被白军抢走了，男人说：“我身上有两包蛇药。不管多毒的蛇咬了，你吃了这药，就没事了。你天天在山上砍柴，把这药放在身上安全。”

男人一拐一拐地走了。爷爷喊住了男人，拿了另一只鸡给那男人：“这鸡你拿着，晚上可烧着吃。”男人说了许多感激话，并掏出笔，在一个本子上记下爷爷的姓名及地址。男人说如他有发达的那一天，一定要报答爷爷。

爷爷仍天天上山砍柴。

“那天中午，我砍了一担柴回家。吃了个红薯，喝了一碗粥，我又拿着扁担出了门。走到村口时，我见到一小孩抱着脚不停地哭……”

原来小孩的脚被毒蛇咬了。小孩的脚已肿得面包样，又青又黑。

一村人说：“这小孩被眼镜蛇咬了，看来没救了。”

爷爷想起那男人说的话：不管啥毒蛇咬了吃了这药就没事。爷爷忙掏出药，往小孩嘴里倒，又往小孩嘴里灌水。

爷爷并不知道他救的小孩就是刘光头的外甥。

“这样，刘光头免了我的债，因而我的手还好好地长在我身上。要不你今天看到的就是一只手的爷爷了……哈哈！这是天意，假如我没背那猎人回家，那猎人就不会给我两只野鸡。我没野鸡给那生意人吃，他就不会给我蛇药。我没蛇药，就救不了刘光头的外甥。”

爷爷已离开我十五年了，爷爷给我讲过许多故事，我大都忘了，惟独这个故事我一直记得。

爷爷死后的第二年，那个生意人从美国回来了。他要把两万元美金给奶奶，奶奶说啥也不肯收。

那生意人就在村里建了一所学校。我们村的小孩再不用到十几里外的学校去念小学了。

善的回报

赏析／杨　娟

每次听到一声“谢谢”时，内心的快乐就会油然而生。我们都有过扶起摔倒路人的经验，有过安慰受伤者的体会。很多时候，我们的善行只是举手之劳，无需回报的。可是，更多的时候就是因为我们那小小的善行而让受帮助的人脱离困境，感激一生。

文章没有出现一个“善”字，却处处显“善”。爷爷背猎人回家，获得了猎人赠送的野鸡，烤野鸡给生意人吃，救了生意人，获得了他赠送的蛇药……文章通过一个个连环的善举，向我们讲述了一个道理：投桃报李，礼尚往来。很多时候，我们帮助别人也是在帮助自己，就像文中的生意人最后回到祖国回报爷爷的恩情。

直接引用爷爷的话是这篇文章的一个精妙之处。一个个不加修饰、原汁原味的语言片段将爷爷当时兴奋和骄傲的感情跃然纸上，让人能亲身体会到爷爷当时的心情，拉近了读者与爷爷的距离。

我想作者对爷爷的故事其实是百听不厌的。爷爷的每一次唠叨都是对“善”的极力宣扬，它影响了爷爷的一辈子，同时也会影响“我”的人生。我们对别人施以善举，而每次回报给我们的至少是真诚的感谢和动人的微笑，何乐而不为？

他倒在厕所里，裤子还没提上，头是磕在屎坑前的石板上。他被抬到当院，我看见他脸上挂着笑。

爷　　爷

●文/黄伟英

爷爷不好说话，更不好笑，我不记得他笑过。

我只记得他成天背个粪筐，顺着山间弯弯曲曲的车辙和毛道，去捡粪，牛粪、马粪、驴粪、羊粪，偶尔也会捡到人粪。佝偻的身影，蠕动在大山里，像只小小的蜗牛。粪，就这么一筐一筐地背回了家。

我家的院门前，总有那么又黑又黄的一堆。没了又堆起来；堆起来，又没了……它滋养了坡上的庄稼，压弯了爷爷的脊梁。

"粪是宝呵……"这是爷爷最常说的一句话。

每当队里收粪的时候，爷爷总是跟在会计左右，眼睛盯着会计手中的算盘。只要会计把算盘一磕，他便问：

"多少？"

话刚出唇，嘴就不动了，张着，专心听会计说出的数字。

年终，他就去找会计对总账，他说的数和会计的账竟分毫不差，也不知他是怎么记住的。

我们家的粪分，年年是队里最高的。这时他也不笑，只是眯缝着眼睛，用粗糙的大手搓动刚分到家的粮食。

我淘。曾和几个小伙伴和黄泥，搓成屎橛橛样搓了好多，扔在粪堆上。爷爷倒粪时发现了一块块拨出来，边拨边叨咕：

“地是能糊弄的么？地是能糊弄的么？”

后来，不见爷爷背粪筐了。

为了铲一块牛粪，他摔伤了。

山里的散牤子，又野又灵，竟爬到岭头王八盖子上屙了一泡屎，屎橛橛小塔似的戳在卧牛石上，诱人得很。就为这，爷爷摔折了一腿。抬他下山，他还喊：

“那粪……”

那年，他七十三岁，是坎儿。

爷爷在炕上躺了好些日子，动不了身，下不了地，炕上拉，炕上尿。奶奶侍候他，用水刷炕席，刷裤子。完事，爷爷总要指着那一瓦盆污秽的水说：

“别糟践了，泼粪堆上……”

以后，爷爷能拄棍子走动了。日头好，就坐在院门口的大青石上，望着山坡上的牛羊和车道上往来的骡马，满脸惆怅。一见我要出门疯跑，便嘱咐：

“有屎有尿，家来屙……”

那个粪堆消失了。院前显得空旷冷落。几丛野草钻出地面，黑绿黑绿的，更添了几分凄凉。

我还小，爷爷便走了，是在厕所里走的。

他倒在厕所里，裤子还没提上，头是磕在屎坑前的石板上。他被抬到当院，我看见他脸上挂着笑。真的，连奶奶都说：

“天爷呵，你笑啥哩？”

是呵，爷爷，你笑啥呢？

“爷爷”的一生和粪有关

赏析／莫文英

本文塑造了一个勤劳的农民爷爷形象，语言真挚而感人！

“爷爷”的一生和粪有关。他是一个一辈子根植于土地、依赖于土地、深爱着土地的农民，“民以食为天、食以地为本”，作为祖辈身处农村的他深知粪料对农业的作用。

世界上的好作家很多,好故事也很多,但一篇文章中,真正能打动人不是语言或写作技巧,而是的故事的本身。我喜欢读农村体裁的小说,就是因为这些朴实的故事情节真的更能打动人,感染人,教育人!这个故事所营造出来的氛围让人恍惚回到了农村!让人不由得开始思考人生的意义,追求终极本源!

文章中的爷爷是一个务实的,讲求实际的人,他表面上注重的是粪,但是体现出来的却是他骨子里的勤劳俭朴,他将自己的一生都写在黄土地上了。这样一位勤劳俭朴的爷爷值得我们敬重,他的人生经历真的让我们感动不已!

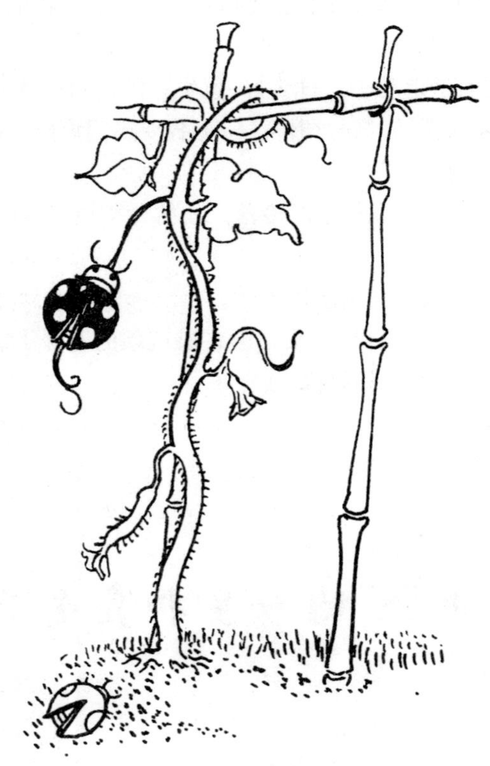

世上最真诚的爱莫过于心的牵挂，我第一次当着父亲的面放声大哭。

牵　挂

●文/国　风

人到了中年就爱做梦，常常梦见旧时的人和事，我近来就常常梦见我的曾祖父。

我们那地方把曾祖父叫太爷。听爷爷讲，曾祖父是我们这个家族的最后一个秀才。

对太爷最早的记忆可以追溯到我三岁的时候，那时他已经七十多岁了，在我的记忆中是一个高个，清瘦，穿一身灰色棉袍，戴着一顶瓜皮帽，背上拖着一根长辫子，白须飘然的威严长者。家里的人，包括爷爷都非常怕他，村里的大人小孩也都怕他，看见他走过来，都一哄而散，躲得远远地瞧着他，而他总是若无其事，不紧不慢地走他的路，对周围的事连看也不看一眼。太爷有个绰号，叫"木头圣人"。据说有一次，太爷讲了三天三夜还没有把带木字旁的字讲完，由此便得了"木头圣人"称谓。"木头圣人"既是村里的长者，也是村里的智者，有什么大事，村里人都要请他指点。谁家闹家务，也请"木头圣人"断公平。而经他裁决的事，大家都很服气。

我们那个地方自然条件很差，素有"陇中苦瘠，甲子天下"之称，但那地方的人很厚道、朴实。我们那地方的人还有两个爱好：一是爱干净。穷归穷，但家家都收拾得窗明几净，人出门也是利利索索。二是崇尚文化。家家都重视让孩子读书，学有所成。谁家祖上出过举人、秀才，谁家孩子考上大学，是很光荣的事；村里人谁有学问，谁字写得好，是非常受人尊重的。每年过春节，家家都写春联、贴春联，而且互相登门串户，看谁家的对联写得好。我们家就有一副对联，上联是"地瘦多栽树"，下联是"家贫勤读书"，据说是乾隆爷的御笔。

北方乡间流行着一个习俗，孩子生下来一百天时要过"百天"，这天有一个仪式，就是端一个盘子，里面放着刀、笔、锄、秤等小模型让孩子抓，抓到什么就预示着孩子在那方面有灵性，将来就可能是干什么的。我作为长孙，当然也经历了这场预测。据妈妈说，盘子端到我面前时，我一眼就盯着笔不放，当然就抓了笔，这着实令全家人高兴了一番，太爷说这孩子“性灵”，是个读书人。

自然，我的第一个启蒙老师就是太爷了，四岁时，太爷就开始在堂屋里给我上课。到七岁上小学时，我已经能背很多古诗文，能一字不漏地背下《滕王阁序》和三百七十三行的《离骚》，可以看竖版繁体字的古典小说了。记得有一次趁大爷出门时，我打开只有他一个人能开的书柜，拿了一本线装的《五虎平南》，越看越觉得有意思，我就干脆把一整套偷出来放在自己的被窝里偷着看。由于喜爱，还在书的封面上用钢笔写上了自己的名字。这件事后来被太爷发现后，狠狠揍了我一顿，书也被收回了。后来，我才知道，当时这是禁书，是大毒草，让外面的人知道了，是要惹麻烦的。

太爷教书的办法很特别，他不给你讲意思，也不给你看书，只是让你背，他背一句，你背一句，然后两句三句四句这样连着背，整篇背下来后，他才给你书，让你认字，然后又默写，《三字经》《百家姓》都是这样学下来的。太爷有一句名言，就是：“书读千遍，其义自见。”

太爷虽然是秀才，但他的活动范围很小。他很少出村，大多数时间是和村里人谈天或者看书，太爷看书很投入，一边看一边嘴里念念有词，有时候还摇头晃脑，捋捋胡须，这大约可能是看得陶醉的时候。他有着许多旧时读书人的痴凝和忌讳。比如，看见地上乱扔带字的纸，他就很生气，总是一片一片地捡起来放在炉膛里烧掉。他不愿意听见家里人，尤其是女人议论国家大事，每当听到谁议论国家大事他就显得很紧张。如果是外人，他就赶紧走开；如果是家里的人，他会严加训斥。

奇怪的是，我上小学后太爷再不教我学习古文了，也从来不过问我的功课怎样。但他对我的启蒙教育，使我打下了坚实的基础，也培养了我读书的兴趣。我的功课成绩一直都很好，每学期期末考试下来后，妈妈都让我拿着成绩单给太爷看，太爷每次都看得很仔细，看了一遍过会儿又看，但他从来没有说过一句表扬我的话，只让我吃饭时坐在他身边。我看得出来，他心里是很高兴的。

由于爸爸、妈妈在省城做事，上中学时，我便随他们到城里读书，从此，就很少见到太爷了。直到我要上大学的那个暑假，才得以回去看看他老人家，这已经是四年以后了，我给他带了龙井茶和绿豆糕。当我到他跟前后，他拉着我的手，微微地含笑，嘴里还是喃喃地说着那句老话：“平平（我的乳名）性灵，是个读书人。”这时他已不能下床，只能倚着被子坐一会儿，他让爷爷从他的书柜里拿出一个小布包，他亲手哆哆嗦嗦地打开，把里面仅有的一百元钱和五十斤粮票塞在我的手里。望着他饱经沧桑的脸，风烛残年的神态，我的心里一阵酸楚，从他老人家的屋里出来后，爷爷说，太爷近来常常神志不清，恐怕是不久就要走了。

两年后，我已经是大学二年级的学生了，一天，家人捎话来，说太爷病危，恐怕没有几天时间了。那几天，我每天心里都忐忑不安，夜夜做梦，有时半夜惊醒，不禁汗涔涔而泪潸潸。噩耗终于未能幸免，不过爸爸说，太爷去世前精神很好，没有受一点儿痛苦，还说太爷临走时的最后一句话还念叨着我，问我还有几年就该娶媳妇了。世上最真诚的爱莫过于心的牵挂，我第一次当着父亲的面放声大哭。

太爷是前清的最后一科秀才，经历了三朝变故的沧桑，享年八十八岁。

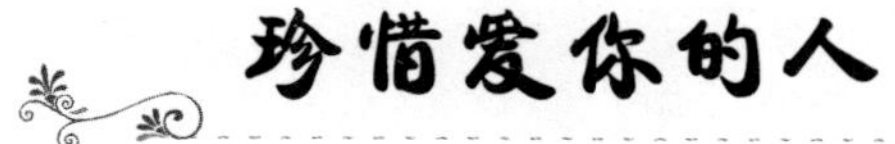

珍惜爱你的人

赏析 / 刘嘉平

最朴实的东西最打动人心。这篇文章看似平静地叙述了一个老人家的后半生。实际上，字里行间透露着对太爷深厚的情感。回头想想我们父母为我们付出了多少，而我们又能回报他们多少？工作的每个月寄生活费，读书的最多每个月打个电话回家，而且更多的时候是因为生活费不够了才会想起父母。忙碌在自己生活的圈子中慢慢地忘却了童年和父母长辈，父母长辈却一直惦念着自己的孩子。他们将自己的感情希望都寄托在孩子身上，看到他们有成就比自己有成就更加欣慰。就像文中的太爷，他将曾孙子读书成绩好看作是自己的光荣，连晚年也念念不忘孩子小时候抓笔这件小事。父母总会记住孩子小时候的事情，孩子却难以忘记父母老了以后的事情。

文章说到作者到了中年才想起了太爷，这也正说明了他的内疚和惭愧，因为太爷在世的时候没能好好地为他做过什么，到他走了才想念起他来。我们是否也有这样的感触：留在身边的不会去珍惜，到失去了才会去后悔当初为什么没有做得更好一点？

今年满溢的香气不再出自院子的桂花树，而是从更深更远的地方飘过来，穿过千山万水，从我公公所在的地方飘过来。

今年桂花不飘香

●文/(台湾)刘若英

从有记忆以来，家里的院子里就有一棵桂花树，每年秋天一到，整个院子就会飘起阵阵淡香味。

最记得小时候的一个画面就是公公老爱站在树下拎着一杯水在那儿漱口，然后口里念念有词地不知道说些什么，我老以为那棵树会跟他聊天。

我是跟着祖父母长大的。毋庸置疑，我就是家里的小祖宗。由于公公是一位将军，家里的副官更封我为“将军的将军”。由此可知我那一生在战场出生入死的公公，是如何地拿我无可奈何。

有一年，一位李先生到一些老朋友家拜会，碰巧我放学回家看到一堆黑车子离开家的巷子，我跑回家问副官又是谁来了？然后看到桌上一个牛皮纸袋，我二话不说就拆开来，还没来得及看清楚内容为何，就听到一声雷声响起，公公大发雷霆地斥责我的行为。我以为他是骂我乱拆他的东西，没想到他竟然说我把他的牛皮纸袋拆坏了，那个袋子是可以再使用的。然后就一阵什么浪费国家资源啦，不爱惜东西等等的名号全给我套上。我备感委屈地哭了起来，不过就一个破纸袋嘛，他说得好像犯下滔天大罪！我不只哭，还从楼下哭到楼上给我婆婆听，再从楼上哭到楼下的房间，然后再遵照八点档的剧本，把房门反锁起来。公公骂得越大声，我就哭得越歇斯底里。当时大概整条巷子都被我们祖孙的二重奏给淹没了。之后慢慢地声音小了，我把耳朵挨着门板朝外听，屏息间听到公公走近我的房门，故作轻松地说：“袋子里头不就一张照片嘛，有什么好看的？那么丑！要就给你嘛！何必把我的袋子给拆坏了呢？”说毕，我就瞧见一张八开大的纸从门缝底下给塞了进来，上面写着：

××同志惠存，某某敬上。

公公十六岁就进了军校，之后在战场上与日本军兵刃相见，几度死里逃生，可以说一生都奉献给了国家。老来过着半退休的生活，也仍是一概与俗世无争的气魄。

如果你问他最喜欢的歌是什么？他可能会回答你他惟一知道的一首通俗歌《绿岛小夜曲》。如果问他会唱什么歌？那他一定毫不思索地回答你《黄埔军校校歌》。而这种耿介几近可爱的个性，也会表现在一些不那么恰当的场合。只要是任何婚丧喜庆要找他致词，他一定可以跟民族大义扯上关系。我常常觉得，那一对对的新人一定搞不懂他们两个人结婚跟国家的前途有什么关系？就像我每一次去大陆拍戏，离家前跟他辞行，他一定会语重心长地叮咛："这一趟你去大陆，是身负重任，两岸的和平就全靠你了！"听罢我总要尴尬地跟祖母扮个鬼脸。可是现在回想起来，除了他们那一代的军人，又有谁会如此时刻胸怀忧国忧民的使命呢？

我从来没有想过公公也会有老的一天。曾几何时他不太大声说话了，连路都开始懒得走，坐在那一张椅子上，一坐就是一天。慢慢地连饭也不肯自己吃了。看着他如此气若游丝，我惟一能做的就是跑到他跟前逗他，要他猜我是刘若玉还是刘若英？然后逼他说他最爱的就是我……早些年我在外头受了委屈，我就靠在他胸前，撒娇地跟他告状说有人欺负我，然后要他拿枪替我毙了他们！他会含含糊糊地回答说："好！好！好！"可是后来，他的眼睛只看着远方，嘴里念的常只是一些大陆老家的人，事，物；再后来干脆完全不说话了。

身体虚弱的公公进进出出医院好几回，直到那一天我正在参加舞台剧记者会的当儿，接到消息说医生送他进了加护病房。当我再见到他时，他的全身已经插满了管子。第一次，我听到医生对我说："过几天就可以出院了"；第一次，我听到医生对我说："如果可能的话，家属请不要离开医院，怕通知不及"；第一次，我听到祖母用一种几近哽咽的语气求医生，希望至少能撑到儿孙到齐；也是第一次，第一次我感觉到公公会永远地离开我。

在加护病房的那几个夜晚和白天，我仍然需要工作，我随身带着移动电话，每到一个地方就急着确定电话一定收得到。每一次铃声一响起，我的心跳就几乎要同步停止，一直要到对方的声音正常地出现我才能回过神来。每次收工冲到医院，看到祖母还坐在外头念经，我才能感受到自己还在正常地呼吸。

漫漫的长夜或者跟祖母一起祷告，或是回忆公公的点点滴滴。等到加护病房会客时间一到，我们才能进去看他。每次进去，围在他身旁一堆荧屏上的数字就掉落一点。那一点点，就如我的心被刮掉一块般。祖母不是握着公公的手，就是摸着他的头，轻轻地跟他说话，要他安心，然后在他旁边为他念经。有时候公公像是听懂了似的，看着祖母点了点头，有时还不自主地流下泪来。我不懂祖母哪来这么大的力量可以承受这一个与她生活了半个世纪的男人即将要离去的事实。祖母要我给他唱歌，我依偎在他耳朵旁唱《绿岛小夜曲》，却怎么也唱不准音。他倒也像是喜欢地点了点头。我扑在他的身上哭了起来，第一次，他没有话语安慰我……

就在那几天中，家里人告诉我，院子里的那棵桂花树，那棵跟我公公聊了一辈子天的桂花树枯死了。

一九九八年八月二十二日上午十一点多，他终于不愿意再跟机器作战了。荧屏的画面归零。

过了几天，在替公公整理东西的时候，发现了一个用过的牛皮纸袋，上头写着“刘若英小朋友收”。旁边公公还用毛笔附加写上“代若英孙女保存之邮票一九七一年”。我都忘了自己曾经收集过邮票。打开来看，全是一些完完整整一套一套的旧邮票，还有几张我在读幼稚园时老师发的只有手掌般大的，上头印着“奖”的纸片。所以将军公公毕竟不是无时无刻只有民族大义，孙女也是很宝贝的。望着这几个简单的毛笔字，我仿佛不意窥见他坚毅的躯壳里那柔情的心灵。而牛皮纸袋，每一个珍惜使用的纸袋，原来可用来包装他无微不至的心意。

我带着这份再珍贵不过的牛皮纸袋走出门，看见那棵确已枯掉的桂花树，竟闻到扑鼻的桂花香。只是，今年满溢的香气不再出自院子的桂花树，而是从更深更远的地方飘过来，穿过千山万水，从我公公所在的地方飘过来。

坚毅的躯壳与柔情的心灵

赏析／陈淑仪

当《鼓浪屿之歌》响起时，牵动了多少游子的心。站在异乡的土地上，遥望故土，无尽的忧思才下眉头却上心头。也许，明天就可以重踏故土，也许这一天遥遥无期，但游子们始终相信，这样的一天总会到来。即使这一代人已经倒下，炽热的心仍然期待着回归的那一刻。

“身在异乡为异客”，长居台湾的公公，作为一位将军，无疑对祖国怀有强烈的感情。这份感情渗透了公公生活的每个角落。过去在战场出生入死的时光已逝去，有着坚毅躯壳的公公却留在了远离祖国大陆的台湾。

对祖国的无限思念，对两岸和平的渴望，寄予在“我”的身上，柔情的心灵找到了归宿。回忆公公的点点滴滴，充满着军人的高尚和崇敬，同时也蕴含着对“我”的引导和关心，“我”的成长，伴随着公公无微不至的疼爱。

然而坚毅的躯壳也有老去的一天，代表柔情心灵的桂花也有不飘香的一天。桂花不再飘香那天的到来，是否预示着坚毅躯壳的逝去？不，桂花没有不飘香，只是从更深更远的地方瞭望祖国大陆。

爷爷走后的当天，奶奶就开始砍树。她要砍去长在她心头上的树。

长在心上的树

●文/刘万里

奶奶的一生竟和一棵树有关。

我小的时候，奶奶经常望着门前的树发呆，这是一棵槐树。我就问，奶奶你看啥？奶奶说是看树。我心下奇怪，这树有啥看的呢？奶奶就说，这不是一棵普通的树，这是一棵长在心里的树，等你长大以后，就明白了。

每年春天，槐树就开满了花，像落了一层厚厚的雪，雪花上飞满了嗡嗡叫的小蜜蜂。我发现，每年槐树开花，奶奶的脸上就布满了笑容，看槐树时眼里就多了几丝柔情。

一天，奶奶赶集去了。我偷偷爬上树，摘了不少槐花，还弄断了不少树枝。我想让妈给我做槐花饭吃。

下午，奶奶回来了，看见满地的槐花，非常生气。从不见她发火的，没想到一旦发起火来是那么可怕！她涨红着脸，扬起巴掌打在了我的脸上。

我哭着向妈妈告状。

婆媳之间的一场战争终于爆发了。妈妈在家是领导，领导着爸爸和奶奶。妈妈是粗嗓子大喉门。吵得街坊邻居都来看热闹。妈妈见观众多，便来了兴头，大声说我早就看这槐树不顺眼，今天非把它砍掉不可！

奶奶跳了起来，你有种，你就砍！

妈妈拖了一把斧头出来，我今天就要把它砍掉！

奶奶拦在树前说，你要砍树，先把我砍了！

妈妈的斧头停在空中。爸爸从地里回来了，夺下我妈的斧头，板着脸说，简直无法无天了！妈扑到床上哭了起来。

摘些槐花是啥大不了的事情。奶奶自知理亏，就下厨给我做槐花饭吃。我噘着小嘴不吃。奶奶说，我不是不让你摘槐花，你看你把树弄得伤痕累累的。树和人一样，树也有生命。树枝就像人的手，人没有手是多么的痛苦啊。我说我错了。奶奶补充说，这不是一般的树，你以后要好好对它。我点了点头。

槐花一年又一年地开，一年又一年地落。在这花开花谢之中，槐树长得又高又粗了，而我也变成了大小伙子。在花开花谢的过程中，奶奶的目光总是从期待变成失望。在季节的更替中，奶奶也在一天天慢慢地变老，目光也一天天变得呆滞，有时在槐树下一坐就是大半天。

槐花又开了，满院都是槐香。今年的香好像和去年不一样，但我又说不出有何不同。

这天的黄昏，一个老头在民政局同志的陪同下踏进了我家的院子。老头闻到了槐花香，老头的目光充满柔情。当他的目光落到我奶奶的脸上时眼睛就直了。老头流着泪说。我是狗娃……奶奶扑了过去，泪水像条小溪涓涓长流。老头说，我说过等槐树开花时，我就会回来了，今天我终于回来了。

我顿时明白了，老头是我的爷爷。

爷爷在栽下这棵槐树时，国民党冲进了院子，爷爷被当作壮丁抓走。爷爷走时扔下一句话，等这棵槐树开花时，我就会回来。爷爷一走便是50年。在这50年里，奶奶年年就盼望着槐树开花，盼望着爷爷回来。这棵树好像就是爷爷的化身，它已经长在奶奶的心上了。

一个月后，爷爷说他要回台湾。奶奶一下懵了，刚回家，怎么又要走呢？爷爷说，我在台湾还有老婆孩子，我这次回大陆是想了却当年的一个心愿，槐花开时我就回来……下次我回来时，那一定就是我的骨灰了。奶奶泪流满面，泣不成声，目光呆滞地望着爷爷走出小山村。

爷爷走后的当天，奶奶就开始砍树。她要砍去长在她心头上的树。树砍倒的第二天，奶奶就病倒了。几天后，奶奶穿着当年结婚时的那套衣服永远地离开了我们。

让爱跟着一起被埋葬吧

赏析／彭细华

我能想到最浪漫的事，就是和你一起慢慢变老……

《长在心上的树》让我被奶奶那等待爱情的矢志不渝征服了。陪伴奶奶一起慢慢变老的不是爷爷，而是爷爷的化身——槐树，在半个世纪里，奶奶就是一个人默默地守着槐树等过来的。现在，人们即使在等待公交车的到来，也会常常抱怨车的迟到，那半个世纪的“迟到”又应该是个什么样的概念呢？

“你要砍树，先把我砍了！”奶奶一直视槐树比她自己的生命还重要，在斧头面前，她仍然毫无一点儿退却，只因为爷爷走时扔下的一句话：“等这棵槐树开花时，我就会回来。”一走就是五十年，一等就是半个世纪，这就是奶奶的执著——无怨无悔地等待，等待一个未知数。

在爷爷回到家的那一刻，奶奶百感交集，泪流满面。奶奶心上的树被砍掉了，一切的坚守都已经变得毫无意义，包括那棵曾经比她生命还重要的槐树。试问有谁能经得起这样的大起大落——当以为五十年的等待换来了幸福，却不知道这是彻底绝望的降临。半个世纪的空等才叫绝望，相比之下，当代年轻人失恋一次就要自杀，更有甚者要他人陪葬，那未免太渺小了。在失恋的那一刻，他（她）们以为自己的一切都没希望了，“与其行尸走肉活在世上，不如将一切都彻底毁灭”，这就是爱情的魔咒？值得吗？难道就看不到其他人对你的情吗？真的宁愿让高堂父母、兄弟姊妹、亲戚朋友为你担心、操心、伤心、落泪？

哀莫大于心死，当一生的爱已经没有了着落，奶奶也失去了生活的寄托，“穿着当年结婚时的那套衣服永远地离开了我们”，那就让爱跟着她一起被埋葬吧。

我能想到最浪漫的事／就是和你一起慢慢变老／一路上收藏点点滴滴的欢笑／留到以后坐着摇椅慢慢聊／我能想到最浪漫的事／就是和你一起慢慢变老／直到我们老的哪儿也去不了／你还依然把我当成手心里的宝。

我想这是奶奶最想听的音乐。

奶奶，我也为你祝福！

洪师傅没有为孙子留下财产，只留下了一大笔党费就离开了人世，但是他的孙子却从他爷爷的身上学到了更多生活的真谛。

珍贵的遗物

●文/方东明

古树镇因那棵双人合抱的百年古树而得名，古树还为小镇平添了几分古朴的风采。它那丰厚的绿阴如同一把巨大的天篷伞，驱炎热，挡风霜，给镇上的人们无尽的享受。每日清晨，当瘸腿洪师傅担着那副剃头挑子一拐一拐走向古树时，总会有人等候着他。洪师傅的剃头手艺远近闻名，甚至有些邻镇的人也慕名而来。

提起洪师博，最让人怜恤的是他悲惨的家事。一九五九年底，洪师傅一家饿死了三口：老伴和两个女儿，仅保住了儿子洪军的性命。从那以后，洪师傅变得少言寡语，然而，他硬挺过来了。儿子洪军虽保住小命，但由于儿时营养不良也落了个迂呆的病体。孙子洪心倒是身强体壮，在矿上干活练得一身好肌肉，只是遭遇下岗后明显瘦了。洪心下岗使这个原本就残缺不全的家更是雪上加霜。面对孙子的叹息颓废，沉默寡言的洪师傅再也忍不住了："心儿，我体病腿残，不也凭着一双手养活了自己吗？你这样过不是办法；我虽是快入土的人了，也没有要你们父子负担呀，我现在尚能资助你们的生活，我死了咋办？在矿上下了岗，可你还有剃头手艺，我这身体一天不如一天，也需要一个帮手，明早随我出摊儿吧。"

一听这话，洪心怒从心起："爷爷，那时学剃头我年小不懂事，现在当工人下了岗，再去剃头，您不怕人笑话你们长辈无谋，我还没脸出门见人呢。人家与我一起下岗的王二武，就凭他爷爷托了关系便进了财政所，刘小六也是他父亲找战友打招呼到工商所的，我真恨我们祖祖辈辈无权无势、无亲无友，我饿得舔灰也不会当那丢人现眼的剃头佬……"

洪心的一席话几乎把洪师傅气了个半死，他老泪纵横，粗气直喘，布满皱纹的老脸由红变紫，由紫变白，哽咽着说道："想想当年你奶奶、你两位姑姑活活饿死，我都没有求过人，你多吃一口，别人就少吃一口，你的困难解决了，国家的困难便增加了，你懂吗？靠双手劳动去生活又怎么是丢人现眼呢？龟孙子……"话未说完，洪师傅口吐鲜血不止。不久，洪师傅便一命归西，死时连只言片语也未留。

心中有些内疚的洪心在清点爷爷的遗物时，却从老人的夹层棉被里寻得两个包。一个用牛皮纸包着，洪心用手一拎便知道是一叠厚厚的钞票，顿时心中窃喜：这该是爷爷留给我的吧！他小心翼翼地拆开纸包，数到最后一张时，足足八千元。然而就在最后一张钞票下面端放着一张方方正正的便条：这是我的党费，我对不起党，然而我时刻没有忘记我心中的党——

洪心纳闷儿：爷爷啥时候入过党，怎么从未提起？

我十四岁跟随红军长征，参加过抗日战争，在解放战争中为掩护战友身负重伤后留在地方。为了不拖累组织，我靠双手自食其力，扪心自问，我对得起国家，然而我对不起我们这个小家，更对不起死去的亲人，对不起后辈……洪心是含着泪看完这张便条的。当他打开另一个红绸布包时，竟是一封来自某大军区司令部的信，展开泛黄的信笺，字迹已变得有些模糊。

生活要靠自己

赏析／朱海燕

“你多吃一口，别人就少吃一口，你的困难解决了，国家的困难便增加了，靠双手劳动去生活又怎么是丢人现眼呢？”对于老一辈的共产党员我总是满怀敬意，虽然洪师傅对孙子做的并不多，似乎令孙子得不到充分的疼爱，但是他的孙子得到的精神财富却是无法靠这些表面上的东西去衡量的。

今天，我们的党员队伍不断壮大，但是有多少人能做到像洪师傅这样无私？特别是党员干部，为了给儿女谋得好的工作，动用自己的关系进行安插，由于这样的安插，许多优秀但贫困的年轻人失去了理应有的机会。家庭的困难是解决了，但是又将另一个贫困的家庭推入了不幸。

还有相当部分的党员干部对子女管理不当，他们满足了子女的物质需求却忽略了精神上的指导，让子女产生错误的想法，认为自己有父母的帮助，能找到份好工作，其他的无需担忧了。他们就在日子一天天的流逝与错误想法中，失去了健全人格、锻炼能力的机会，不少人在父母失势的时候就会从高峰滑落至低谷。

而洪师傅没有为孙子留下财产，只留下了一大笔党费就离开了人世，但是他的孙子却从他爷爷的身上学到了更多生活的真谛。

路，只会越走越宽阔，越走越温暖，越走越美好。

看见的日子

●文/周　伟

眼睛睁开了，你就什么都看见了？

眼睛瞎了，我就一点儿也看不见了吗？

孩子，听我讲，真的不是那么回事。

孩子，你别老那么看着我。我嘛，几十年了都这样，一天到晚在木火桶上坐着。有人说我木了。我木了吗？我在一丁点儿一丁点儿地嚼着日子。你要说，还不是一粒粒嚼着干豆豉，嘎嘣嘎嘣地响。也对，也不对。一个个日子或酸，或甜，或苦，或辣……我掉下一把口水，它慢慢地从地上变戏法似的长高，一闪，又不见了。再闪出来，一下是笑，一下又是哭，一会儿竟半笑半哭，一会儿却不笑不哭。再看看，胖的、瘦的，高的、矮的，老的、少的，男的、女的，美美的、丑丑的……哎呀呀，这么多日子，怕是在开会哩！

孩子，你不吱一声，我知道你在想事了。别乱点头，我反正看不见你。孩子，你要记着，摇头点头都在一念之间，没把握的事不要说话，不说话没人当你没舌头。再一个，当紧的话一天要不得几句。比如，你这会儿没答话，但我还是看见你在心里想着事儿。想事就好，想着想着，慢慢地想着想着，事儿就在肚子里头想熟了。

孩子，你瞧，门前的小溪在说着话儿，还悠悠地哼唱着小调。风来时也好，雨下时也好，它总是那么从从容容。从容得你不得不佩服它，佩服它的镇定、豁达与远虑。你不会听不见，听听它的音符，感受感受它的节拍，几多的美妙。你不会看不到，披绿时披绿，挂红时挂红，亭亭地立着，十分可爱。孩子，耳朵眼睛不是什么时候都管用的，有时得用脑上心。小溪是细水长流的从容，孩子你呢？不要看我，我和好多好多的日子在说话儿。胖的日子说，心宽体胖好；瘦的日子说，健健旺旺好；素的日子说，吃饱就好；荤的日子也说，还是够吃就好。我讲，千好万好，要的是细水长流，平平安安过，最好！

孩子，对面山里树上的鸟儿在唱歌，在跳舞。再看看，那其实是一个上了树的女娃。她把砍到的柴火丢在了树下,她把一早的重担抛在了一边。上了树的女娃变成了另一个人,把树叶当笛子,把日子当歌唱。下了树的女娃扁担一横,一担柴火挑在了肩上。挑在肩上的还有日子,好沉好沉。孩子,该丢下的丢下,该抛开的抛开,该挑上的挑上。年纪轻轻的,就老是愁啊,累啊,苦啊,悲啊……垒了一身,这样子很不好。孩子,唱歌时就唱歌,跳舞时就跳舞。这样,你的日子也就上了树了,于是,你就看到那山上开满了鲜花,到处是疯长的野草,飞禽走兽们,都在各显神通,表演着杂耍;那山上的树是绿的,风是柔的,气息都是甜的。于是,你就认定那山上绝对住着神仙,神仙的日子哟……

孩子,神仙的日子,要说有,也就有;要说无,本就无。所以,日子里就有了哭声,就有了笑声。孩子,我经历得多了,哭也好,笑也好,那多是你们年轻人的事。大了,老了,你就不会那么随随便便哭了笑了。别不信,我碰到好多好多哭的日子。它们都跟我讲,哭来哭去有什么用呢?人嘛,是靠水养着,你把他一身的水榨干了,还不蒸发了。人一蒸发,什么东西都跑得无影无踪。再说,哭得泪水太多,流成河,也会淹死人的。还不如把哭的时间腾出来,磨磨刀。磨刀好,磨刀不误砍柴工呢!把刀磨得锃亮锃亮,抽出来,一闪,就闪过来一个春天。一刀砍下去,就砍死了一个严冬。孩子,哭字上面两个口,哭字下面一头犬,要哭,你就是小狗狗。看看,孩子,你笑起来了,笑起来好。

孩子,走路是最当紧的!我看见你又笑了,你还在心里头讲:呸,哪个不会走路呢?两三岁的娃娃都会。好吧,就讲门前的这条路,弯弯曲曲,老长老长,有好多人总走不出去,有好多人总是原地踏步,有好多人又走了回头路,还有好多人摔倒了……日子也一样,老长老长,弯弯曲曲,好比门前的这条路。走吧,先上路就是。“路是人走出来的”,路再长,脚再短,还不是一脚一脚丈量完。是的,路上,有时会泥土飞扬,有时会泥泞满路,有时冰雪地冻,甚至路窄坡陡,坑坑洼洼,险象环生……孩子,且莫停下脚步,歪歪斜斜深深浅浅地一路走过,走过去就是了。路的尽头又是另一方风景。你要晓得,路,只会越走越宽阔,越走越温暖,越走越美好。

孩子,你上路了,竟又回头,长长地一望,我晓得,你是怕望不走那片红褐色的泥土,那泥土上的青草地。你无数次地在上面温暖着,那上面留着你的体温和气息。那么,你就带着一抔泥土上路,带着一缕草香上路吧。天涯海角,你总会感到温暖。孩子,你只要在心中的泥土上种上了草根,浇水,撒肥,一片片嫩绿冒出四季不断,尽管你走得再远,其实很近很近……

我站在阳光下,看着坐在木火桶上的瞎眼的二婆婆,她一下一下地往深如黑洞的嘴里丢进一粒粒干豆豉,不一会儿,就一阵嘎嘣嘎嘣响。响过之后,她黑洞的嘴里源源不断地翻吐。一坨坨地都是咀嚼过的日子。慢慢地日子升起来了,二婆婆空空洞洞的瞎眼也升起来了。

孩子，我老了，我看见的日子也老了。

日子也老了？我问。

我又说，二婆婆，您老老去了，我都不知怎样待日子。

二婆婆，我只有攒起心劲，天天把日子暖着掖着……

孩子，你真的看见日子了……

那一天，二婆婆真的走在一个金色的日子里，当我们焚烧起二婆婆的遗物时，起风了，木火桶嗞嗞啵啵端端地在禾坪上烧了许久。烧完时，夕阳已经西下，一切皆静了，看时，惟见烟痕淡抹。

温馨的话语

赏析／邓苏齐

残阳如血，置一杯香茗，手捧美文一篇，坐于窗边。

没有华丽的辞藻，有的只是平白如话的口语；没有排山倒海的排比和生动的比喻，有的只是流水般自然的舒畅；没有激昂的旋律和峰回路转的“欧·亨利”式手笔，有的只是字里行间的真情流露。

黑夜给了你黑色的眼睛，你却用它来寻找光明！

一年三百六十五个黑暗的日子，你却在心里点了一盏灯，它无须被证明，却已经存在。眼睛看不见，所以你用心看，因而比常人看得更远、更深，你也因此成了圣人。

大智无言，智者的格言像泉眼，也许透出的水很少，但滴滴晶莹；庸俗的夸夸其谈像水渠，或许流出的水很多，却是股股浑浊。所以，为人处世，要脚踏实地，多做实事，少说空话。乌鸦般的呱叫最令人讨厌。

做不了高楼大厦，就做一间为游子遮风挡雨的茅草屋吧；做不了滔滔大海，就做一条恬静的小溪。我们卑微，但不卑贱；我们简陋，但不简单。我本布衣，躬耕于乡野，不求闻达于诸侯。从从容容地活着，平平淡淡地过日子，比什么都好。细水长流的日子最真，又何必去争那蝇头小利。

人生在世，不如意事常八九。过去的就让它过去吧，又何必耿耿于怀？抖掉不必要的包袱，你会走得更快，更轻松。

李敖说过：不是还乡，没有乡愁；不是林黛玉，没有眼泪。然而就是这位民主斗士却在与旧同学相逢时哭泣了，触动心弦的是故土的情丝，也就是对根的怀念。没有根的浮萍是飘浮不定的，就如离乡游子般，没有归属感。

“孩子们，天灾人祸世人难免，不必过于悲伤，咱再干、再挣、再重建家园……”爷爷声若钟鼎，气宇轩昂，全然不像个瘫痪的老人，使满堂儿孙精神大振。

家魂

●文/马宝山

在我们骆家套着四挂马车种着百垧山地的时候，我爷爷骆宇成仍要逼着他的四个儿子，在每天三顿饭前都得拾回一筐粪来才能端饭碗。我十二岁的小叔背的粪筐拖在他脚后跟上。小脚腕上蹭出厚厚的一层血痂，四季不断。

房廊下置一把藤椅，我爷爷坐在上面，手里捧着一本纸页发黄的古书晨读。小叔未拾到满筐粪，看到他爹的侧影，吓得双腿战抖，竟挪不到饭桌前。

爷爷治家严谨，满堂子孙就知道克勤克俭、兴家建业，骆家的日子过得很是火暴。

“七七”事变，小鬼子占了半个中国，武安城里也开进了鬼子兵后，匪盗肆行，地方上开始混乱起来。

一个风高月黑的夜，骆家大门被擂得山响，爷爷从热被窝里爬起来，耳朵贴在窗棂上细听，院外人喊马嘶，就知道是土匪们来了。爷爷不慌不乱地穿戴齐整迎出去，推开大门，站在院子里喊，“来客了，备饭！”

骆家大院灯火通明，刀铲交错，杀猪宰羊，对这伙人马以宾客相待。

这伙绿林有四五十号人，为首者名叫梅江龙，原是个教书先生，因在学校中推行新学受阻，又横遭县督学的凌辱，愤而离校，走投无路入了绿林。我爷爷与梅先生在书房里坐了两天。第三天，梅先生把弟兄们召集在一起，说：“我与骆老爷长谈，顿开茅塞。如今倭寇猖狂，杀我父兄，奸我姐妹，我等铁血男儿在此国难民危之际再不挺身而出就为家乡父老所不齿，我决意从今日起与小鬼子周旋，愿与我同生共死的兄弟，受我一拜……”说罢，梅先生拱手一周。

四五十号绿林兄弟齐齐地跪满偌大一个院落，喝我爷爷双手捧过来的一碗又一碗血酒。

梅先生打出抗日旗号后，队伍很快发展到百余人，很英勇地与日寇作战，使小鬼子未能在本县立足。我爷爷对这支民间抗日武装多有接济。

这年仲夏，我爷爷在廊沿下看书睡着了，被过堂风吹得中了风，半身偏瘫，口齿不爽，卧床半年，再爬起来时只能持杖而行。得偏瘫的爷爷虎威大减。

这时候偷偷参赌的我大伯开始在家里兴风作浪，私心重的小婶又装疯卖傻。另有兄弟妯娌们也因为我爷爷用银粮慷慨接济梅先生的队伍而怨声载道。大伯在暗中策划分家，并扬言以长子长孙为由独占骆家老宅院。

精明透顶的我爷爷看出：骆家要败，骆家的子孙要给祖宗丢脸……

一天半夜，忽然从骆家正房窜出一条火龙，烈焰疯狂，火借风势，风助火威，片刻工夫骆家大院一片火海。除了后院两间藏书的小屋外，大火烧得骆家片瓦不存。大人泣，小儿嚷，景象十分凄惨。

这时候，我爷爷从仅存的那间书屋拄杖走出来，站到院中央看一眼断墙残壁和悲切已极的满堂子孙们，老泪纵横。老人掏出巾帕擦净了泪面，精神猛地一震，说：

“孩子们，天灾人祸世人难免，不必过于悲伤，咱再干、再挣、再重建家园……”爷爷声若钟鼎，气宇轩昂，全然不像个瘫痪的老人，使满堂儿孙精神大振。

我爷爷做主，将百垧山地一分为四，分给叔伯们，叫他们各立门户，重兴家业。爷爷哪个也不随，独居两间书屋闭门读书，一年余故去。

几年后，武安县解放了，土改工作队进村，除我小叔划为富农外，我大伯二伯和我爹都划为下中农。

后来，梅先生也解甲归乡，在我们村完小仍为人之师。多少年后，梅先生来我家说，我猜测，那年你们骆家大火是有人蓄意放的。

谁?!

——你爷爷骆宇成。

家魂?国魂

赏析/赖景执

读罢这篇文章,一个智者的形象跃然纸上:他是一个热血沸腾的老人,一个在精神上不折不扣的老人,一个充满睿智的老人。

套着四挂马车、种着百垧山地的骆家,是旧中国时代一户典型的地主之家。但是我并没有在爷爷这位家长身上看到地主阶级的盛势欺人。他治家严谨,满堂子孙就只知道克勤克俭,兴家建业。骆家宅内,房廊下的一把藤椅,一位老人,坐在上面,捧着底页发黄的古书晨读。他不是一位简单的老人,他的脚下有满堂子孙,他的头上顶着的是一片天,空旷但却异常沉重的天空。他是骆家的顶梁柱,是骆家之魂。

在一个月黑风高的夜晚,土匪把骆家大门擂得山响。爷爷以贵宾之礼相待这四五十名绿林兄弟,他与这帮人的首领坐下谈了两天。虽然我们不知道谈话的内容,但我们看到了他让这帮走在歧路的土匪悬崖勒马,在国难民危之际挺身而出,保卫祖国,而且在以后的日子里,还对这支民间抗日武装多有接济。这位老人,竟有如此大的能耐。

他仅仅是骆家之魂吗?不!他是一位热血沸腾却又默默为这个民族洗耻的智者。他的灵魂系着祖国的存亡。

国无存家何在?国难当前,骆家也摇摇欲坠。参赌的大伯兴风作浪,私心重的小婶又装疯卖傻。面对子孙的不肖,爷爷狠下心,自个儿蓄意燃烧了骆家大院,多年来的心血就这样付之一炬。没有了家产,子孙们就不会坐以待毙——这是一个聪明绝顶的老人。面对断墙残壁和悲切已极的子孙,老人声若钟鼎,气宇轩昂:"不必过于悲伤,咱再干,再挣,再重建家园……"这仿佛是面对着伤痕累累的国土面对着炎黄子孙说:我们并不弱,我们生下来不是被凌辱的,我们要坚定站起来。

一个瘫痪的老人,一具行将就木的躯体,却有着不折不扣的爱国爱家的精神。他不仅仅是骆家的家魂,还是国家的国魂,激励着子孙后代精神大振,重建家园。

祖母临死前最后一句话是——“胀死比饿死好”。

祖母的月光

●文/牧 毫

我祖母去世那天是农历正月十五，我记得那天的月色很好，虽然清冷，但有一种说不出的美丽和圣洁，以至于后来我一直固执地认为祖母在这一天去世是她精心挑选的。

无疑祖母很熟悉并且很喜欢这种月光。我小时候经常陪她坐在这种月光下。祖母不识字，她不会给我讲关于月亮的种种传说和故事，更多的时候是默默地坐着。偶尔，祖母嘴里哼出一段说不出名目的曲调来，和着冷月、微风，她的脸非常动人，岁月的艰辛好似被月光洗去，只留下一种恬静、一份安详。我之所以后来一心想当摄影家同祖母在月光下的形象有着很大关系，因为每想到那个时刻，文字总显得那么苍白无力。

我不厌其烦地描述这段文字，是由于那天晚上我又一次看见祖母那熟悉的表情后，祖母就死了。她很从容地说完那句话就死了。从那以后，每到有月光的夜晚我就竖起耳朵，我总以为会听见祖母的声音。当然，祖母只是在临死前才清醒过来，在那一天的其余时间，她大都处在一种癫狂的状态中。

在那天的大部分时间里，我都坐在祖母的床头。祖母在那一天最主要的事情是吃饭，关于这一点我在后面会谈到。夜晚来临，祖母又一次睁开眼睛的时候她看到了月光，她的眼神马上变了，瞪得溜圆，一脸惊慌，这种表情只有在一些极其恐怖的电影中才能看到。我顺着祖母的视线，却什么也发现不了，只是一片月光。祖母这时极力想向后挪动身子，她说：“一地死尸，一地死尸……”后来她又哭：“秋生，秋生，妈妈没有奶……”

秋生这个名字是根据她的声音推测的，因为我有个叔叔叫冬生，此刻他正在大洋彼岸，可能在某位富商的鸡尾酒会上（在这里，我丝毫没有责怪他的意思。他是那年逃荒偷渡过去的）。直到今天，我也不知道关于秋生的一切，甚至连我老爸也不知道。

其实秋生是谁并不重要，因为我祖母的死似乎同他没有多少关系。我当县委书记的爸爸虽然很忌讳这样谈到祖母的死，但我还是毫不羞愧地写下这一行文字：我祖母是吃饭胀死的。在那一天里，她整整吃了十六碗饭，祖母在那一天吃完了她一生中最丰富的食物。祖母像个孩子，她说："给我一碗饭。我要吃饭。"每一碗饭端上来，她都会以令我吃惊的速度吞下去。后来不给她饭了，她就吃一切能抓到手的东西：棉絮、纸片……

我从来没见过一个人这么吃东西，相信以后也不会看见。那一天我一家人都在同祖母搏斗，争夺的目标其实就是我们每天享用、极其平常的东西——大米饭。

最后的一碗饭是我端给祖母的，那时她已处于回光返照的时刻，她很安宁地吃完了那碗饭。吃完后她像孩子一样，用手擦擦嘴，满足地笑了。

这时祖母脸上又出现了那种表情，我小时候很多次在月光中看到的那种表情。这时我听见她说："又是春天了吧？今年好，不用出去了，不然又要麻烦村长开路条。"

后来，她就死了。祖母死后的很长一段时间，我的食欲都非常旺盛，以至于到现在，我的体重还不能降下来，当然我也没有做过多的努力，我觉得这样挺好。

后来我时常回想起祖母临死的那个晚上，有月光的时候，我总是竖起耳朵，想听到祖母临死前对我说的那句话，说完那句话她就死了。说那话时她已经没有力气，但我每个字都听得很清楚，说完那句话她就很满足地去了。

对了，我差一点就忘记写了：祖母临死前最后一句话是——"胀死比饿死好"。

月　夜

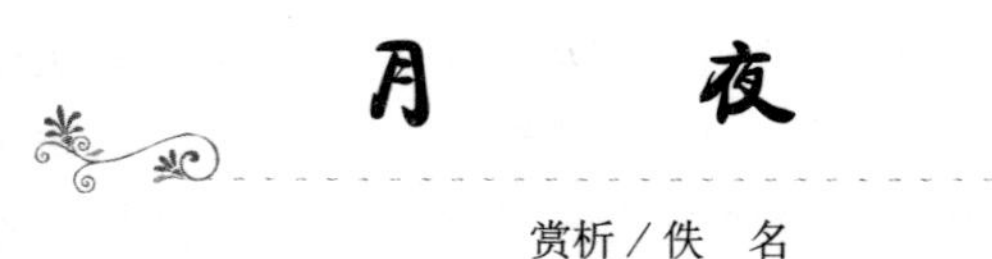

赏析／佚　名

一九五九~一九六一年，中国老一代人难以忘记的痛，那一千多天的日子里，风为餐，雨做汤，树皮是佳肴。有人说中国人的骨气在那时体现了，又有人说中国人的乐观革命精神在那时发扬光大了，还有人说中国人顽强不屈的生命在那时向世人展现了……而当我翻开那时幸存者的语录时，我看不到任何光荣，有的只是透骨的痛。

在那时，有一位年轻母亲，千万个母亲中的一个，她生不逢时地在这饥荒之年诞下了不知世事艰苦的生命，也许孩子实在太瘦了，如瑟瑟秋风中的叶子，就叫他秋生……

人的进化使他们的生命更为脆弱了，生下以后还要好一段时间才能进食固体的食物，更何况是于成人而言也是难以下咽的树根、树皮……

年轻的母亲自己也难以果腹，何来的奶水？她第一次认识到她那年轻的乳房还不足以托起这个生命。看着婴儿的小口一张一合，时而又号啕大哭，母亲的哭声在道歉——“秋生，秋生，妈没有奶……”

也许这时奇迹该发生了吧，也许该有什么壮举出现了吧？很可惜，那是故事，而这个事实，结果，婴儿的身躯与地上的尸体同化了，不同的是，他还没有牙，还不懂咀嚼，还没有试过狼吞虎咽……

月夜，沉重的月光严严地套住了地面，绝望的母亲在月光下凝望着自己的婴儿，他睡得是那么安详……

岁月洗刷了人的皮囊，尸体的痛苦在时间的熵流下愈合，而刻在灵魂深处的痛苦却永不愈合，即使在临死之前。生命中最后的力气都用来吃东西，一个老人咽下了十六碗白米饭。十六碗白米饭是什么程度的重量？我只知道是一个人所不能承受的重量，也许是饿怕了，也许她不要在九泉之下再对秋生说：“妈没有奶……”

那一夜，还是月夜，这位母亲走上了与秋生相拥的路，永不回头，永不……

在我的梦里，我的祈祷中，老海棠树也便随之轰然飘去，跟随着奶奶，陪伴着她，围拢着她。

老海棠树

●文/史铁生

如果可能，如果有一块空地，不论窗前屋后，要是能随我的心愿种点什么，我就种两棵树。一棵合欢，纪念母亲。一棵海棠，纪念我的奶奶。

奶奶和一棵老海棠树，在我的记忆里不能分开，好像她们从来就在一起，奶奶一生一世都在那棵老海棠树的影子里张望。

老海棠树近房高的地方，有两条粗壮的枝丫，弯曲如一把躺椅，小时候我常爬上去，一天一天地就在那儿玩。奶奶在树下喊："下来，下来吧，你就这么一天到晚呆在上头不下来了？"是的，我在那儿看小人书，用弹弓向四处射击，甚至在那儿写作业，书包挂在房檐上。"饭也在上头吃吗？"对，在上头吃。奶奶把盛好的饭菜举过头顶，我两腿攀紧枝丫，一个海底捞月把碗筷接上来。"觉呢，也在上头睡？"没错。四周是花香，是蜂鸣，春风拂面，是沾衣不染海棠的花雨。奶奶站在地上，站在屋前老海棠树下，望着我；她必是羡慕，猜我在上头是什么感觉，都能看见什么？

但她只是望着我吗？她常独自呆愣，目光渐渐迷茫，渐渐空荒，透过老海棠树浓密的枝叶，不知所望。

春天，老海棠树摇动满树繁花，摇落一地雪似的花瓣。我记得奶奶坐在树下糊纸袋，不时地冲我唠叨："就不说下来帮帮我？你那小手儿糊得多快！"我在树上东一句西一句地唱歌。奶奶又说："我求过你吗？这回活儿紧！"我说："我爸我妈根本就不想让您糊那破玩意儿，是您自己非要这么累！"奶奶于是不再吭声，直起腰，喘口气，这当儿就又呆呆地张望——从粉白的花间，一直到无限的天空。

或者夏天，老海棠树枝繁叶茂，奶奶坐在树下的浓荫里，又不知从哪儿找来了补花的活儿，戴着老花镜，埋头于床单或被罩，一针一线地缝。天色暗下来时她冲我喊："你就不能劳驾去洗洗菜？没见我忙不过来吗？"我跳下树，洗菜，胡乱一洗了事。奶奶生气了："你们上班上学，就是这么糊弄？"奶奶把手里的活儿推开，一边重新洗菜一边说："我就一辈子得给你们做饭？就不能有我自己的工作？"这回是我不再吭声。奶奶洗好菜，重新捡起针线，从老花镜上沿抬起目光，又会有一阵子愣愣地张望。

有年秋天，老海棠树照旧果实累累，落叶纷纷。早晨，天还昏暗，奶奶就起来去扫院子，"刷拉——刷拉——"，院子里的人都还在梦中。那时我大些了，正在插队，从陕北回来看她。那时奶奶一个人在北京，爸和妈都去了干校。那时奶奶已经腰弯背驼。"刷拉刷拉"的声音把我惊醒，赶紧跑出去："您歇着吧，我来，保证用不了三分钟。"可这回奶奶不要我帮。"咳，你呀！你还不懂吗？我得劳动。"我说："可谁能看得见？"奶奶说："不能那样，人家看不看得见是人家的事，我得自觉。"她扫完了院子又去扫街。"我跟您一块儿扫行不？""不行。"

这样我才明白，曾经她为什么执意要糊纸袋，要补花，不让自己闲着。有爸和妈养活她，她不是为挣钱，她为的是劳动。她的成分随了爷爷算地主。虽然我那个地主爷爷三十几岁就一命归天，是奶奶自己带着三个儿子苦熬过几十年，但人家说什么？人家说："可你还是吃了那么多年的剥削饭！"这话让她无地自容，这话让她独自愁叹，这话让她几十年的苦熬忽然间变成屈辱。她要补偿这罪孽，她要用行动证明。证明什么呢？她想着她未必不能有一天自食其力。奶奶的心思我有点儿懂了：什么时候她才能像爸和妈那样，有一份名正言顺的工作呢？大概这就是她的张望吧，就是那老海棠树下屡屡的迷茫与空荒。不过，这张望或许还要更远大些——她说过：得跟上时代。

所以冬天，所有的冬天，在我的记忆里，几乎每一个冬天的晚上，奶奶都在灯下学习。窗外，风中，老海棠树枯干的枝条敲打着屋檐，摩擦着窗棂。奶奶曾经读一本《扫盲识字课本》，再后是一字一句地念报纸上的头版新闻。在《奶奶的星星》里我写过：她学《国歌》一课时，把"吼声"念成"孔声"。我写过我最不能原谅自己的一件事：奶奶举着一张报纸，小心地凑到我跟前："这一段，你给我说说，到底什么意思？"我看也不看地就回答："您学那玩意儿有用吗？您以为把那些东西看懂，您就真能摘掉什么帽子？"奶奶立刻不语，惟低头盯着那张报纸，半天半天目光都不移动。我的心一下子收紧，但知已无法弥补。"奶奶。""奶奶！""奶奶——"我记得她终于抬起头时，眼里竟全是惭愧，毫无对我的责备。

但在我的印象里，奶奶的目光慢慢地离开那张报纸，离开灯光，离开我，在窗上老海棠树的影子那儿停留一下，继续离开，离开一切声响甚至一切有形，飘进黑夜，飘过星光，飘向无可慰藉的迷茫与空荒……而在我的梦里，我的祈祷中，老海棠树也便随之轰然飘去，跟随着奶奶，陪伴着她，围拢着她；奶奶坐在满树的繁花中，满地的浓荫里，张望复张望，或不断地要我给她说说："这一段到底是什么意思？"——这形象，逐年地定格成我的思念，和我永生的痛悔。

那段不能忘记的岁月

赏析／李 毅

看完这篇文章，我想起了逝去的爷爷，那个曾经被打成右派的爷爷……我回想起了爸爸对爷爷的憎恨，那段今生今世化解不了的憎恨……我回想起了孩提时的生活家庭，那个充满火药味的、令人窒息的家庭。

有人认为，二十世纪的"文化大革命"是中国的一场浩劫。十年，中国人的精神被"无形的枷锁"锁住了十年，没有前进反而后退，人与人之间没有了纯正的友谊，只有功利的黏合与不共戴天的敌对，甚至连亲与子都成了对决双方……那是一个多么不可思议、多么匮乏人情的人间啊！

巴金把自己的真话写成了一部《随想录》，他的愿望是建造一座文革博物馆，博物馆对后人有警醒作用，但是巴老的这个愿望在他临终时还是没有得到实现。文革里有太多的东西要我们去感悟，这里面所发生的可歌可泣的故事为那个十年、那时的神州大地添上浓浓的悲情色彩。有那老海棠树的故事，有我的故事，还有千千万万个鲜为人知的故事……

我们国家正在大步向前迈进，体制也越来越人性化。我始终相信，终有一天，我们中华儿女会摆脱那十年的枷锁。

如今，我站着的柳树底下就是五爷的埋骨之处。五爷早已灰飞烟灭了，只是不知黄泉之下他的日子是否还像在人世那么凄凉。

瞎子五爷

●文/方立锋

在我爷爷的诸多兄弟中，惟独瞎子五爷留给我的印象最深。

清明祭祖，我回乡给爷爷上坟。在一道沟里，大大小小的坟堆沿沟道排过去，像一个个土馒头，阴森森的。在这片坟场里，后继人丁兴旺的，子孙常来添土上香，墓自然大些；后继无人的，农民们等死人过了三周年便平了坟，种上庄稼。爷爷的坟堆很大，很气派，只是上边爬满了野草，还有几眼蛇鼠洞。我用土塞完那些洞，便踏着青青的麦苗走到五爷的坟前。五爷一辈子无儿无女，他的坟早已被人平了，种上了青青的麦苗。只是当年插在他坟头上的那枝招魂幡已长成一棵亭亭的大柳树，凭着这柳树，才知道他的葬身之地。

五爷年轻时，好打抱不平。

听叔伯们讲，当年，太爷爷好赌，家里的几十亩地全被他败光了。太爷爷最不喜欢那个好惹是生非的老五，于是便把他卖去当壮丁。几年之后，五爷却带着一身伤疤跑了回来，太爷爷虽然一肚子不高兴，但儿子能从战场上活着回来，却也甚感欣慰，便张罗着给儿子说一门亲事。邻村一女子喜爱五爷的性格，于是便定了亲。过门那天，家里宾客云集，大家吃酒谈笑。忽然，有村民慌张跑来说“一贯盗”进了村。“一贯盗”是这高原上的一股土匪，经常打家劫舍，横行乡里。听了这话，宾客一溜烟全跑了。听叔伯们讲，五爷很镇静，从炕洞里抽出一把马刀，不顾家里人阻拦，独自来到打麦场。那匪首自恃武艺高强，没想到三个回合下来便被五爷削掉了一只耳朵。十来个人呼啦啦拥着他逃跑了，临走放话要血洗村寨。

太爷爷扇了五爷几个耳光，却也怕土匪寻仇，连夜便将五爷打发出门，叫他能走多远就走多远。叔辈们讲的这故事或许是真的，因为五爷当年用过的那把马刀至今我还藏在老家的阁楼上。

解放前的那一年，五爷又回来了，却瞎了双眼。听说是在西南的一场战役中，五爷他们班死守碉堡，对手猛攻不下，最后给里边扔了一捆炸弹，碉堡里的人除了五爷全死了，他身上虽然中了七八块弹片却保住性命，只是双眼被炸瞎了。等养好了伤，便被送回老家。

那时，太爷爷已死，再没人能管下五爷。而他回来的第一件事便是打跑了仍独守空房多年的媳妇，村里人都骂他作孽，而我一个伯父却说他曾亲眼看到五爷背地里抹眼泪。

从此，五爷便一直独身。

一九六一年，同村和五爷一块儿上过战场的朋友，临死前把自己十几岁的儿子过继给五爷当养子。而五爷也便将这养子当亲子，好不容易将他养大成人，娶妻生子，养子的六个儿女全是五爷一手抱大。

虽然，五爷的眼睛瞎了那么多年，但脾气却一点不改。记得一九七五年的一天晚上，母亲搂着年龄还小的我睡到半夜，忽听到外边大喊救命，声音凄厉，吓得我们一动也不敢动。原来，我们队上的队长经常欺侮五爷瞎眼，给他送救济粮款时常克扣。那天晚上，那队长在队部下完棋后哼着小曲往回走，外边黑漆漆不见物，躲在黑暗中的五爷听着队长过来，朝着声音方向便打出一棍，一下子就把队长闷倒在地。第二天，公社来人就把五爷送进了"学习班"。

五爷的养子不孝，独立门户后便不再理他，五爷也不生气，便独自生活。眼睛盲了之后，他的听觉变得特别灵敏，别人一吭气，他就知道是谁，而且村里的大小巷道，谁家挨着谁家，他都记得清清楚楚，从不走错路。他会擀面，会烙锅盔馍。一九八八年，我回到家乡，那时五爷已经七十余岁了，但每天鸡叫三遍，他就会起身拄上拐杖到田野散步，所以他身板硬朗，气色也还不错，只是脸上的伤疤和深陷的眼眶让人害怕。

一九九零年，五爷死了。那是秋天的一个晚上，五爷心里烦乱，于是早早睡了。也怪，他屋里养的大公鸡在半夜莫名其妙地连叫三遍，五爷以为天亮了，就起身到田野散步。不知怎的，从来没有走错路的他竟懵懵懂懂地走到村西，掉到那个没水的旱涝地里。四周是土塄坎，喊也没人听见，他便向上爬，好似到了坡沿，不小心却又滚了下去，就晕了过去。等天亮人们发现了他，村里的医生给他推了几针葡萄糖，他醒了过来，向人们诉说这件事只觉得可笑。众人看着他吃完一碗玉米面糊糊和一个大蒸馍才放心离去。谁知过了三四天，仍不见他出门，大家便破门进去，发现五爷早已死了……

如今，我站着的柳树底下就是五爷的埋骨之处。五爷早已灰飞烟灭了，只是不知黄泉之下他的日子是否还像在人世那么凄凉。我想，以后清明、鬼节时我也应在那城市偏僻的十字路口烧些纸钱给他，但我竟不知道五爷的名字，而那不带名字的纸钱他又能否收得到？

解读五爷

赏析／许妍敏

亭亭大柳树，青青禾麦苗，谁能想见，孕育着希望的庄稼下有一位老人的铮铮傲骨。

说到底，五爷是个传奇人物，沙场征战大难不死，单挑土匪镇静自若。仅这两项经历，已给人无数想像的空间。当壮丁后，遇到了什么人什么事？为什么带着一身伤疤回来？应对土匪的胆识与武艺又是如何练就的？又是如何参与在西南的那场战役的？不得而知，但是，可以很确定的说，五爷身怀铮铮傲骨，不向世俗低头，是个汉子。

打过仗，斗过匪的五爷却又有柔情的一面，世人只知他打跑了独守空房的媳妇是作孽，又怎知五爷内心的悲痛。一个伯父说，曾亲眼看到五爷背地里抹眼泪。人都是害怕寂寞的，五爷却狠心地把自己推向寂寞的怀抱，为的是守护为他付出太多的女子，因为他是个瞎子，他认为自己无法给人幸福，这是五爷的温柔。

养子无孝，五爷无怨，这是五爷的责任。他把战友的遗孤养大了，责任也就尽了，孝与不孝是养子的事，五爷做好自己的事就够了。五爷一直是个会过自己的生活的人，记性好，会为自己解气，做吃的，会照顾自己，只是看不见东西。一直是个很独立的人，一个很独立的老人，一个很独立的瞎老头。

所以，五爷以自己很特有的方式，莫名其妙地去了。

五爷看似凄凉的一生，能给作者留下这般深刻印象，也够了。

五爷核桃皮般的脸面倏然蹙成了一团，眼睛眯成了一条线，又微微张开，脸上的笑容慢慢涌了上来，目光却少了许多锐意。

五　爷

●文/宗利华

五爷的儿子六筐打电话来，说，你无论如何也得办成这事，要不，你五爷觉得死了也不安心。

我说，六筐叔，这事不好办，现在要找张惠妹唱的歌嘛好找。六筐说，张惠妹是哪个乡镇的？不要她的，就要刘兰芳的评书《杨家将》。

这个五爷。

这个快嘴五爷。

眼前就现出了一张脸，沟沟坎坎，纵纵横横，干瘪的两片嘴唇，紧衔一柄油亮亮的烟袋杆儿，吸时，两腮塌陷，双目微眯，待那缭缭绕绕的一口弥漫开去，两眼登时射出两道光来。

五爷那张嘴，才真叫嘴。他说，沂蒙山的蝎子比别处的多两条腿，十条。你去一数，果然，二钳八足。他说，富裕家那头壳郎猪像是肚子里长了东西。后来那猪果然早死，富裕不舍得弃掉，想留点儿肉吃，开膛一看，果有一瘤如拳。五爷还说，国际局势，风云变幻，别看萨达姆人家那国家小，却是一点儿也不怕那飞毛腿导弹。

你肯定奇怪，五爷几乎不出老牛沟的沟口，他哪来这么多的学问？

五爷有一台收音机。

五爷有一台跟十四寸黑白电视机差不多大的收音机。

一次五爷奉五奶奶之命到镇上赶集购物，这种机会于五爷来说十分难得。五爷放着生产队里的一群牛，牛的活动区域在山上，所以五爷也不敢乱跑。五爷就到了镇上，到了镇上的五爷干了一件将在外君命有所不受的事，没有买回五奶奶所需之物却抱回一台收音机。为此，五奶奶下令五爷必须戒酒一个月。

五爷得了这宝贝，愈加神清气爽起来。那时山沟沟里有台收音机是真够高级的了，黑白电视机也只在山下村里书记家有一台。当时正播放刘兰芳说的评书《杨家将》，大家伙儿听得入迷，夜夜聚拢到五爷家。五爷亦早早赶牛入圈，洗把手，太师椅上一坐，手捻胡须，面带笑容，听至悬念处，搔首、搓腿，其状可掬。待听到句"要知后事如何，下回接着说"后，一声长叹，只恨不能一并听完。

且说，那天正说穆桂英大破天门阵，穆桂英费了好大的劲才开始打天门阵，早把五爷给急得不行了。谁料这时，五爷竟得一疾，需入院。一病数日，待回了家，穆桂英已把天门阵给破了。

这事，五爷一直耿耿于怀。

五爷就问别人，那阵是怎么破的？别人就说了。别人怎么说，也抵不过刘兰芳呀！五爷就一直心痒难遏。

不久前，五爷旧病重犯，且已年迈，看来这次是要不行了。

眼看要不行了的五爷仍挂念着那桩牵肠挂肚十几年的事。

我找到了一个在广播电台工作的同学，说这事十万火急。同学又找了同学，辗辗转转，竟给搞到了几盘磁带！

我急切切赶回家时，五爷奄奄一息了。

磁带放进录音机，顿时铿铿锵锵的声音重又跳跃在了五爷房子的每个角落。

五爷核桃皮般的脸面倏然蹙成了一团，眼睛眯成了一条线，又微微张开，脸上的笑容慢慢涌了上来，目光却少了许多锐意。

大伙儿了却了心愿，放下心来，静静听书，恍惚间，重又回到数年前聚拢来听书的景况。都入了神。

一盘磁带放完，大伙儿才醒转过来。

齐齐地去看五爷。

见五爷仍笑着，人却走了。

得偿所愿

赏析／杨一帆

五爷"走了",但仍笑着。看完《五爷》的那一刻,想起了星爷《鹿鼎记》里的一句台词:"不知何年何月得偿所愿……。"五爷的后半辈子就是在"挂念着那桩牵肠挂肚十几年的事"中度过的,当"铿铿锵锵的声音又跳跃在了五爷房子的每个角落"时,五爷也终于得偿所愿,了无牵挂地幸福地笑着"走"了。

影片《我的野蛮本色》说:没有公平,只有运气,有人找到他的莫敏儿,有人穷一生之力也找不上,世界总是如此。人活着就是要不断地实现他的梦想,减少人生旅途中的遗憾。而偶然所得的愿望,也往往最容易让人患得患失,五爷可为例。对于五爷来说,刘兰芳的那段"穆桂英大破天门阵"就是"他的莫敏儿",对于韦小宝来说,升官发财就是得偿所愿。而世人也常常过于穷一生之力寻找他自己的"莫敏儿"。

你的"莫敏儿"是什么?读名校?挣大钱?抑或星光灿烂,左呼右拥?已经得偿所愿还是不知奋斗到何年何月?

刘翔曾有所愿:希望能在奥运赛场上与约翰逊一较高下。所愿如此多娇,我们也只能拭目以待北京奥运会。

孙文先生所愿:建设繁荣富强的"中华民国",奈何"革命尚未成功,同志仍需努力"。

小人物所愿,不外娇妻美妾,荣华富贵,似乎有点庸俗,但起码代表了小人物的"莫敏儿"。

五爷是幸福的,刘翔还得等待,孙文未曾悲哀,小人物还得努力,方能得偿所愿。

不要埋怨生活的苦难，苦难也是生活的一部分，平静地接受苦难就是对苦难最好的回答。

活了九十一岁的七奶

●文/郑洪杰

七奶说，草落籽瓜落秧，那是寿限到了。

七奶说，你看天上那颗星星了吗？没准哪阵子就落了，拖着尾巴，那也是寿限。一颗星就是一个人，寿限一到，都得走，这事不由人。你说是这个理啵？

七奶还说，黄泉路上没老少，所以活要活得舒坦，死要死得舒坦。

七奶黑洞洞的嘴说话跑风，嗡嗡的，但那份坦然、那份自信，你听了准点头。

七奶无疾而终，享年九十又一。

七奶嫁七爷时才十七岁。那时七爷已二十五了。七爷十八岁就订了婚，女方是镇上绸布店掌柜的闺女。但后来那闺女上省城读书，就把七爷晾晒到二十五。七爷是戴楼的大户人家，有房子有地有牲畜，不愁亲事。但七爷没看中一个。那次七爷赶集，正逢学堂放学，三五成群的女生肩挨着肩走。下人说，少东家，挑一个吧。

七爷就指着一大家闺秀模样的姑娘说，就她吧。下人认准了，回去就禀报张罗。恰在这时七爷病了，病得下不了床。太爷太奶慌了，说快娶来那闺女冲冲喜，就瞒了真相，下了厚礼，催着完婚。完婚那天七爷强打精神爬起来，揭了盖头就愣了，心凉了——七奶是大家闺秀旁边的一个！长得大脸大眼、大手大脚。洞房里，等了半天的七奶见没动静，就拎起蔫巴巴的七爷吆喝，咋了你，不睡觉娶俺来干啥？七爷被呛了一口，就抖了一股精神，还魂似的折腾七奶。七爷大汗淋漓、肆意宣泄，那些淤积在体内、心窝里郁闷、苦恼、毒气都通过张开的汗毛孔排了出来。天亮，七爷像换了个人，精气神都上来了。

后来七爷偷偷对太奶说，是七奶救了他。

跟着七爷，在十五年时间里，七奶叉开腿一口气生了八个孩子，五男三女。全家就把七奶当神供。

七奶说，是七爷的本事。

在跟七爷的日子里，七奶不会享福。七奶说，吃荤的腻，生蛔虫；闲着累，心里堵。

七爷是留在太爷身边惟一的儿子，太爷整天拎着鸟笼不归家。家里地里都交给了七爷，其实太爷心里明镜似的，有七奶呢。七奶放开胆使家人、下人，把一个大户人家里里外外料理得井井有序，春耕秋播、夏收夏种，都显了七奶的能耐。七爷疼七奶，说，太苦了。七奶说，你懂啥，这就是福，就是舒坦。七爷说，我怕你老了没有好身子骨。七奶说，你懂啥，人就像锄头一样，搁两年就锈了，越使越好使。

除了忙这些外，七奶用心调教她的儿女，八个儿女都有了事做，该娶的娶了，该嫁的嫁了，该干事的都干了事，七奶的日月里都是丰年。

其实，在七奶风光的日子里，也有阴雨淫雪，七奶跟七爷也遭受了不少罪，那是在土改、"文革"期间。但戴着富农帽子的七奶没喊苦没喊怨，七奶说，一朝君王一朝臣，各有各的章法，咱老百姓跟着走就是了。天下还是老百姓多，人家能过，咱就能过……人生在经历无数次的大喜大悲之后，七奶老了。老了的七奶身边只留下春苗，七奶喊她七丫。

当然这时候七爷更老了。

七爷在七奶的谆谆教导下走完了人生之路。对于七爷的死，七奶说，是喜丧，八十四是殉头，该走的。

七奶没掉泪。

七奶还是不闲着，看家扫院，咕咕咕地养鸡，嘞嘞嘞地喂猪；七奶眼花了，背驼了，但还想干一件自己的事。

春苗问，娘，你哪去？七奶说，供销社，扯布。

春苗问，娘，扯啥布？你说一声我去得了。

七奶说，我自己的事，自个干。七奶拄着拐一步一步向供销社挪去，神态安然。

七奶扯了红布蓝布白布和青布，一块块地放在床上，摸着、看着。春苗吃惊地问，娘，你扯恁多布干啥？七奶说，死了穿。春苗说，娘你这样硬朗慌啥呢，现买也来得及。再说了，做也不用你做，交给我吧。

七奶说，我心里有数。趁胳膊腿还能动，我自个做，你忙你的。于是，七奶自个做，戴着花镜，坐在堂屋门外的暖阳里。七奶用白布做了一身内衣，用红布做了棉袄，用蓝布做了棉裤，用青布做了扎腿带子，又缝了一只绒布帽子，只有鞋不是七奶自个做的，她纳不动鞋底，但那鞋上的花儿是七奶剪的。七奶做好了寿衣，了却了一件大事，浑身轻松，就静静地等着死期的来临，像做了一番辛苦的耕种，只等待一个丰收的日子。

七奶做寿衣的事传到了镇里城里，都觉得是预兆，儿孙们都来了，七八十口子。七奶高兴，高兴之余又分外生气挥着手说，都忙去吧，我的事我自个来。你们看，我不是好好的吗？别说我没死，死了也不要你们来，那是我自己的事。家里有七丫就够了。

都看七奶还清醒，又没病，就三三两两地回去了。看着儿孙们走了，七奶忒高兴，就拄着拐送到大门外，又喊，别来了，忙你们自己的事吧！

七奶奶活着，养鸡喂猪。清明了，七丫带着全家去给七爷上坟，七奶留在家看门。天快晌午时回来，七丫进门就大惊失色，号啕大哭——七奶穿着寿衣正直挺挺地睡在她的床上。

都围了上来，哭声嘹亮。在一片哭声里，七奶睁开眼，左右看看，慢慢爬起来，说，都起来，都起来，看看，你看看……

这才止了哭，都虚惊一场。

这一年六月，风调雨顺，黄灿灿的麦子缎子一样在风中起伏。收割的日子，天没亮，全家就拎着水带着煎饼，顶着星星到地里忙去了。走时，七丫到堂屋对床上的娘说，娘，回来你烧点饭自个吃吧，俺们下地了。这一天，老老少少直干到月上柳梢才回来。又累又饿，都直奔锅屋。见七奶已烧好了一大锅凉稀饭，还鏊了一盆茄子。就拿了碗，围在院子里吃起来。吃饭时，七丫突然说，老娘咋还不出来，就对着堂屋喊，没回声，又起身去喊。到了堂屋，掌上灯，见七奶又仰睡在床上，一身寿衣，上上下下，穿戴整齐。七丫不再惊吓，仅仅愣一下，就推一推娘喊，娘，娘！你咋又试衣了？见没回声，再喊，娘，娘！你咋又吓唬俺了。仍没回声。摸一摸，七奶的身子已经凉了。

七奶说，草落籽瓜落秧，那是寿限到了。

七奶无疾而终，享年九十又一。

苦难酿成的酒

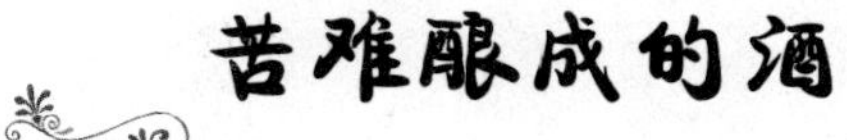

赏析／于青陌

七奶的一生是苦难的一生，但这苦难的人生并没有灰色的基调，相反，七奶在苦难的伴奏下，在倔强与乐观的支持下，弹出了昂扬的乐章。在奶奶走过的这条路上满路阳光。

被七爷无端地错选为妻子，七奶没有怨命，面对七爷的冷漠，她没有气馁。她干爽得像黄土高原的北风，她的敢爱敢恨，她的强烈粗犷的性格，征服了挑剔的七爷。

成为了七爷家的主心骨，七奶是辛劳的。事事都要操心，"把一个大户人家里里外外料理得井井有序，春耕秋播、夏收夏种，都显了七奶的能耐。"可以说七奶是一个不会享福的人，一般少奶的娇气在她身上看不到，即使面对七爷的痛惜，她也只说了一句"人就像锄头一样，搁两年就锈了，越使越好使。"

在土改的风波中，在一生相伴的老伴离自己而去的岁月里，七奶仍是那样的淡然，还是那样的乐观，甚至在面对死神的召唤，在面对人生大限的迫近时，七奶的生活姿态还是那样不徐不急。

《活了九十一岁的七奶》，使我想到了余华的《活着》，一个地主的少爷，一步步地失去财产，一个个地失去身边亲人，在他最后的时光，只有一头老黄牛与他相伴，但他并不悲观，因为在他的生活哲学里，活着就是一种胜利，活着就是一切。不要埋怨生活的苦难，苦难也是生活的一部分，平静地接受苦难就是对苦难最好的回答。

七奶就像一株红高粱，不娇嫩，哪里有土地哪儿就有高粱。有人说过最刚烈的高粱酒是要加上尿碱才能酿成的，同样地，最光辉的人生是在苦难中酿成的。

人不能主宰一切,没有专制的权利。动物也有悲伤之情,也有面对不平的事敢于挑战的斗心。

关于爷爷的最后一个传说

●文/高　波

爷爷死在五十年前的一个秋天。

在雷公山麓,爷爷的精神和经历已进入了民间文学。

关于爷爷的最后一个故事自然是他的死亡。

那年秋天的一个黄昏,爷爷提着几只野兔从故乡那片时有巨兽出没、没几个人敢独闯的老鸹林里钻了出来。爷爷的肩上挂着那支曾与他共创过无数辉煌传奇的快枪(即步枪)。

爷爷在老鸹林旁的一口井边坐下后,随后摘了张叶卷成斗状,一斗一斗地饮起水来。水清凉甘甜。

爷爷最后一次舀水时,发现井中突然映出了两个虎头。

爷爷屏住呼吸,缓缓抬起了头。爷爷看见距他不到五米的岩上站着两只威风凛凛的巨虎,虎的目光直直地盯在爷爷的脸上。

据说爷爷是属于那种子弹打到了锅边也要把最后一碗酒喝完才动身的人。由此，可以断定两只巨虎的突然出现并没有让爷爷惊慌失措。

爷爷后来对奶奶说，虎是我们家族的崇拜物，所以他一开始就没产生对虎攻击的念头。

爷爷从腰袋掏出已经吃了一半的饭团，一粒一粒地嚼起了米饭。

在故乡，所有的成年人都知道，虎从不伤害正在就餐的人。

这时，夕阳没入了远处的山梁。群山在弱去的光线中变得朦胧、雄浑起来。

爷爷仍面对着虎一粒一粒地嚼着米饭，其间时不时斜一眼井中自己的身影。爷爷知道假如他的身影突然变成了羊的形状，就意味着虎打算吃掉他了。这经验是我爷爷的爷爷说的。

夜幕彻底降临的时候，一轮明月在空中破云而出。

爷爷抬头看了一眼坐在岩上静心呼吸的两只巨虎，缓缓咽下了最后一粒米饭。就在这时，爷爷突然感觉到月光下的井中有了一个长着巨角的大山羊头。

爷爷拾枪一个后滚翻站了起来。爷爷在站起的那一瞬间，几乎没有时间似的完成了枪栓、推弹上膛、扣动扳机的全部过程。

一只仍在静心呼吸的巨虎猛一仰头，从岩上重重地摔了下来。

这时，枪声还在山谷中回响。另一只巨虎被电击似的抖了一下，一路悲鸣着射进了老鸹林中。

爷爷蹲下，伸手轻轻合上了死虎的双眼，爷爷注意到，那颗射出的子弹钻进虎的右耳后，在虎的左耳开了个大洞。

爷爷曾告诉我，爷爷射杀巨兽从来都是两个地方，要么命中脑门，要么击穿双耳，弹无虚发。

爷爷这天夜里借着月光把那只据说有近三百斤重的巨虎扛进了一个不怎么大的土洞。然后用两颗绑在一起的手榴弹炸塌了洞口。我想爷爷那时候一定揣着一份难以言传的悲伤。

这之后的半个月里，爷爷老屋后的山头上每晚都会传出震山撼水的虎的悲鸣。爷爷由此预感到一场与他相关的灾难即将降临了。

爷爷用靠着老屋西墙横放了好几年的杉木做了两盒棺材。他说雄头高的那盒是自己的，较平缓的那盒是奶奶的。

爷爷做棺材的整个过程中，脸上始终挂着从未有过的安详。在此之前，家族中那几位也敢独闯老鸹林的长辈曾建议爷爷一道去围猎那只晚上悲鸣的虎，爷爷拒绝了，说这是他自己的事，会很快过去的，谁也别进来掺和。爷爷这么说后，众长辈便不再言及此事，他们知道爷爷说话从来都是算数的。

古历八月十五这天黄昏，爷爷把他那支乌黑发亮的快枪挂在肩上后，跟奶奶说了句什么，便朝着夕阳沉落的地方迈去了。

爷爷先是走了好长一段茅草掩隐的山路，然后一口气爬上了天鹅岭。

在天鹅岭的一堵悬崖上，爷爷面对着冷气横生、空旷宁静的大峡谷坐了下来。

这时，带着一抹微红的月亮从峡谷尽头的山梁上静静地升起了。

爷爷迎着微风有节奏地咂着像他快枪一样乌黑发亮的烟杆。

爷爷第三次往烟锅里装烟丝的时候，在爷爷身后不到十米远的一簇草丛中现出一个硕大的虎头。

爷爷自顾自地把烟丝轻轻往下压了一下，然后平平静静地说，知道你跟在我后面很久了，让我抽完这袋烟再开始吧。

虎盯着爷爷步出草丛，然后静坐在爷爷身后的一块草坪上。虎的眼始终盯着爷爷的双臂。

爷爷抽完第三袋烟后，在岩石上抖尽烟锅里的灰，然后把烟杆放进腰间的口袋里。

这时，虎平起身，张开血盆大口冲着爷爷的背影爆出了一声长啸。

爷爷在虎的长啸声中不紧不慢地站了起来。

当口述人叙述到这时，我猜想下面又将是他对爷爷那套快枪法的描述。然而，一切都在我的意外中发生了。

爷爷静静地望着渐渐变得透明的月亮，长长地呼了口气，竟是不犹豫地扑进了已经升起一层薄雾的峡谷。

虎朝前小跑几步，在悬崖边站定后朝下张望了一阵，然后调头在先前出现的那簇草丛中消失了。

第二天，家族里的人在峡谷找到爷爷和他的枪。大家诧异爷爷的身上和枪膛里都没子弹。奶奶说爷爷每次外出都要带上三十发子弹和一对手榴弹的，而且枪膛子弹从来没少过三发。

爷爷死后，家族里的

爷爷带给我们的震撼

赏析／苏剑连

《关于爷爷的最后一个传说》讲述的是一个耐人寻味，令人震撼的故事——爷爷在老鸹林打猎出来后遇上两只猛虎，经过长时间的对峙，爷爷以迅雷不及掩耳之势击毙了一只。另一只幸存的老虎每天晚上在后山不断悲鸣。为了平息这场人与动物之间的仇怨，爷爷选择了向峡谷一跃。凭爷爷娴熟的枪法完全有能力在另一只虎面前展现人类强大的主宰能力，而他却选择了一个令人惋惜的结局。是什么令爷爷做出这般举动？“虎从不伤害正在就餐的人”这句话从动物角度看，虎因为饥饿而等待猎物，以它单纯的想法：每一个生命都应享有自己延续生命的权利。爷爷读懂了这一点。当虎与人对峙时，已没有了人与动物的界线，只有生命与生命的较量，只有强者与弱者的区别。而爷爷杀死了其中一只虎，听到震山撼水的悲鸣，才顿悟：人不能主宰一切，没有专制的权利。动物也有悲伤之情，也有面对不平的事敢于挑战的斗心。虎的悲鸣不再是局限于仇恨，而是追求一种平等——人格、精神上的平等，如同当今社会法律面前人人平等。

做错了就要付出应有的代价。爷爷惯于穿越山林，他明白并预测自己的生命终结的下场——化作一只展翅雄鹰，为这场残酷的人兽斗争作祭奠，同时给予人类一个警告：自然界有属于它的规律，有独立的法则，错了就要负责。而自以为聪明却十分愚蠢的人类，是否也应该懂得——平等不仅仅属于人类的，它更是人与动物共处的绝妙方法，是生命繁育的绝对权利。

读者们，你们读了之后，是否有这样感受呢？我相信，作为地球上生灵都应去深思、反省什么是平等！

一生挑着家在风雨奔走
沉沉的扁担
深深的脚痕
你年轻的腰杆
诗意得弯成湖边的拱桥
我多少次在这走过
猛然回首
是天边美丽的彩虹
只是多了压荷少了颜色

这辈子流过的汗可不少
我们的书包在童年背着希冀
又驮走你季节里的收获
伤痛中的坚强
我们看得见的航标
每次的崛起
你把腰挺成风的标志
我的目光敏锐穿越坎坷
看见阴霾中还有蓝色天空

道不尽的谢意

记着有人在爱你

感谢你 真的感谢你
当我脸上的微笑感染着每一个人时
那一定是因为你
感谢你 真的感谢你
因为你
我的生活充满了笑语
因为你
我学会了思索学会了感激
感谢你 真的好感谢你

那些每天被当作励志礼物的银色硬币，饱含着外婆对生活的信念和勇气，也饱含着外婆对我最无私、最深沉的爱……

外婆的硬币

●译/曾庆宁

那些每天被当作励志礼物的银色硬币，饱含着外婆对生活的信念和勇气，也饱含着外婆对我最无私、最深沉的爱……

那年冬天，居住在美国西北部的我们刚经历了被称为“哥伦布暴风雪”的灾害性天气。无情的暴风雪和肆虐的狂风摧毁了很多房屋和树木。空气中弥漫着刺骨的寒冷，将我们的房子变成了一个冰窖。

父亲点燃了壁炉里的木柴，我们兄弟姐妹便一窝蜂似的跑到壁炉前面取暖。木头发出劈劈啪啪的响声，赤红的火舌舔着炉膛，我感到胸前逐渐暖和起来。然而，正当我闭上眼睛背对着火炉，享受炉火带来的惬意时，不幸降临了。不知何时，一个从壁炉里溅出的火星点燃了我棉睡衣的后背。等被发现时，火星变成火舌开始吞噬着我的睡衣。空气中夹杂着炭火味、棉絮烧糊的味道和我身上的肉被烧焦的味道。一阵剧痛后，我失去了知觉。

醒来时，我已躺在医院的病床上。医生告诉母亲，我左腿和背部的皮肤和神经组织被严重烧伤。由于伤势很严重，医生严肃地对母亲说：“美洛蒂的伤势很重，植皮手术做完后，她的一只脚可能会僵硬，也就是说她只能一只脚走路，当然，幸运的话，她能恢复到不靠拐杖，一瘸一拐地走路。”母亲听到医生的警告后痛哭流涕。

腿上伤口的恢复是一个非常痛苦的过程。此后几个月，我每天都得换包扎伤口的纱布，其间，医生把我臀部的皮一点点植到了左腿烧伤部位。那是我有生以来身体经历过的最痛苦的时候。下半身的任何一点活动都会带来巨大的痛楚，要想站起来走路简直是天方夜谭。伤口愈合的初始阶段，那种疼痛是常人无法忍受的，任何腿部活动对于我都是一种折磨，我只能整天静静地躺着。

外婆住在附近的小镇上，离我家有五英里远。我受伤后，外婆每天一大早就赶过来看我，直到傍晚才回她自己家，从未中断过。

外婆绝不能接受我瘸着腿走路或者只用一只脚走路的想法，也绝不允许别人说这样的丧气话。她总是用她干枯的手抚摩着我的额头，说：“亲爱的，你一定会站起来，用双腿走路的！”那时候，外婆每天都会鼓励我，想出各种各样的办法来哄我活动那只伤脚。为了让外婆高兴，我宁愿忍着剧痛，噙着眼泪活动那只受伤的脚。

有一次，移动伤脚时产生的剧烈疼痛到了无法忍受的地步，我号啕大哭，决定放弃取悦外婆。我哭着对她说：“外婆，我的脚实在太痛了，我不想再走，永远也不想再动它一下。”

在我拒绝练习走路一天后，外婆带来一个蓝色的布袋子。她对着我神秘地笑了笑：“亲爱的，你知道这里面是什么吗？”

外婆拿起布袋摇了摇，里面传来悦耳的金属碰撞声，“哦，我知道了，是硬币。”外婆居然带了一袋子硬币过来。一个硬币对于一个小孩来说可是一笔不小的数目，那时一个美分都能买到一把做成动物模样的果糖呢。躺在沙发上，我可以清楚地看到那个袋子里的那些鼓鼓囊囊的硬币。我从来没有见过那么多的硬币。它们让我想起那些美丽的果糖，我异常兴奋，忘记了疼痛。

外婆说：“你如果能站起来，我就奖给你一枚硬币。”我是多么渴望得到一枚硬币啊！所以，我忍着疼痛站了起来。外婆微笑着将一枚崭新的硬币放在了我的掌心，我很快又坐下了，因为刺骨的疼痛噬咬着我的伤脚。外婆盯着我的眼睛说：“我这里还有很多硬币，就照着刚才那样做，亲爱的，再站起来一次。”

我重新站了起来，外婆果然又在我的掌心上放了一枚崭新的硬币。

此后几个月，外婆每天都用这样的方法鼓励我站起来，鼓励我迈开步子。其间，我多次听到外婆对母亲说：“我对这孩子的未来始终充满信心，我绝不会看着她瘸腿或者单腿走路。”

一天，我问外婆：“外婆，如果您的硬币用完了该怎么办呢？”外婆微笑着对我坚定地说道：“亲爱的，不要担心外婆会用光硬币，我会把世界上所有的硬币都找来给你。”

奇迹真的出现了，一年后我居然可以在门口悠闲地散步，像所有健康的孩子那样轻轻松松、稳稳当当地走路。给我动过手术的医生看到我的变化后非常惊讶："我治疗烧伤患者这么多年，从没有看到过一条严重烧伤的腿能恢复得如此彻底，真是奇迹！"

外婆去世的那年，我已经长成了大姑娘。那天从墓地返家的途中，母亲告诉我："你外婆万万不能接受你成人后跛脚或单脚走路。她每天都会向上帝祈祷，希望你能康复，像正常人那样走路。上帝听到了她的声音。"

"我知道她一直希望我能像健康人那样行走。"我说。接着，我问母亲："妈妈，您知道外婆从哪里弄到那么多硬币吗？"母亲回答说："你知道吗？外公去世后，她就靠着政府给的一点救济金过活，生活得非常拮据，外婆把毕生的积蓄和救济金都换成了硬币给你了。"那一刻，我泪流满面。

直到那时，我才明白，正是外婆给了我后半生的幸福，那些每天被当作励志礼物的银色硬币，饱含着外婆对生活的信念和勇气，也饱含着外婆对我最无私最深沉的爱。

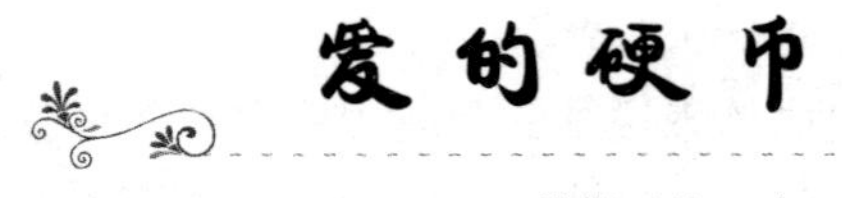

爱的硬币

赏析／柳　叶

外婆的一个硬币就是外婆对"我"的一份爱，为了能使"我"站起来，外婆给了"我"无数的硬币，这些硬币一个个累积起来的重量是"我"无法承受的，因为外婆绵绵的疼爱是那么深重，面对这样一份爱，我们无法一一偿还。

"我"是不幸的，生活给"我"开了一个玩笑，"我"差点儿不能正常行走，这对年少的"我"来说是非常残酷的。不过"我"又是幸运的，因为"我"有一个疼爱自己的外婆。在"我"受伤后外婆"为了照顾我，外婆每天一大早就赶过来看我，直到傍晚才回她自己家，从未中断过。"为了给予"我"站立的勇气，她不断鼓励我，不断用硬币为我打气，在这一个个硬币鼓励中，"我"一步步战胜了病痛，创造了一个医学的奇迹。外婆就像一个上天派来的使者，她用那布满皱纹的双手，抚平了我身上和心中的伤痕。

看了这篇文章，我想起了过世的外婆。外婆过世那天天气很和煦，阳光暖暖的就像外婆的爱。

我从小由外婆带大，虽然如今长大成人，但外婆搂我入怀的温暖仍时时浸漫肌肤，荡漾于怀。她生前每次见我的第一个动作和第一句话就是“怎么又瘦了？”。不管我胖瘦，她总是这么说。我每次快要走的时候，她就会说：“等等。你看你这么瘦。我给你熬了点猪油，在我枕头边，你先拿去收着。你小时候最喜欢吃猪油炒蛋了。”外婆只知道世上最好的补品就是猪油，最好吃的东西是猪油炒蛋，她把自己都不舍得吃的东西统统留给我。现在外婆已经离我而去了，不过我对外婆的记忆却从来没有减弱。

“黄昏的沙滩上有着脚印两对半，
那是外婆拄着杖将我手轻轻挽，
踩着薄暮走向余晖暖暖的澎湖湾，
一个脚印是小雨一串消磨许多时光，
直到夜色吞没我俩在回家的路上。”

一枚硬币，一碗猪油，一首《外婆的澎湖湾》，凝聚着外婆对我们的丝丝情意。这份情意值得我们用一生相守。

一生没有触摸过声音的姥姥,此时一定在静静地听着外孙女喃喃的叫唤……

和你在一起

●文/赵 菱

我刚生下来,还是一个粉红色的只会乱蹬和哭闹的小动物时,他们就把我抱到了姥姥家。

姥姥耳聋,也不会说话,一生都没有触摸过声音。她听不到我哭闹,怕我因为没有奶水吃而哭得昏死过去,就用一根粗棉线把我的手腕和她的手腕连起来。我一动,她就会惊醒,然后料理我的吃喝拉撒。

姥姥家在村外。两间小小的红土房,院子里种着韭菜、小葱和大白菜。这些菜都有着水灵灵的小手和碧绿的脸蛋,我常常会听见它们在一起唱歌。真的,我真的能听到。因为没有人愿意同一个哑巴的外孙女玩,韭菜、小葱和大白菜就是我最好的朋友。

姥姥是个矮小的女人,永远都穿着烟灰色的衣服。那是她自己用棉布做的,有长长的大襟和圆圆的绒球扣子,颜色看上去很柔和,姥姥穿上很漂亮。我爱我的姥姥,也爱她的烟灰色的衣服。每当我在外面挨了揍遭了嘲笑——他们总是对着我叫骂,“拖油瓶的野丫头,没爹没妈没户口……”我一进门就会趴到她烟灰色的温暖的怀里,紧紧咬着她的绒球扣子,一声也不吭。开始她总以为我是回来向她哭诉的,就用粗糙得剐人的手指一遍遍地抚摩我的脸。我抬起头,平静地告诉她,我没哭。姥姥,我不哭。

我的眼眶干干的,没有半滴眼泪。我早就知道我和那些打我骂我的孩子是不一样的,我比他们不幸,我比他们早熟,而且将来我还会远远在他们之上。一定会。这一点,我从很小的时候就知道了。

上四年级的时候,一个穿得很整齐很气派的男人来学校找我。他生硬地叫着我的乳名,蛋蛋,你过来。

我不过去。我吃惊地瞪着眼睛,发现这个男人有一双大大的双眼皮眼睛。他的头发很稀薄,肚皮鼓鼓的,比我见过的所有的男人都气派。

我身后有一群人起哄。没人要的野丫头,快喊爸呀,喊了就有人要你了。

后来这个戴红方格领带的男人说我是个傻瓜，说我天生是个让人讨厌的人。无可救药。因为我眼神呆滞,说话语无伦次。

他的话当然是无比错误的。我的聪慧在小时候就体现出来了。无论学什么新知识,我都学得飞快,没有人能赶得上我,高年级的学生也得甘拜下风。语文老师说我的头脑灵活得可以让火车在里面随意拐弯。我长大了。长成了一个瘦弱的女生。总是穿洗旧的白棉布衣裤和磨得起毛边的白球鞋。白球鞋是姥姥攒了三个月的鸡蛋钱给我买的。虽然我们很穷,但姥姥坚持让我和别的孩子一样。

在我十二岁的时候,姥姥穿着新括括的宝蓝色棉布衫带我去找妈妈。天很热,我们走了好长好长的路。我累了,她就让我趴在她脊背上,背我一会儿。她一只手抱着蓝花布包袱,一只手托着我的屁股。她的呼吸很沉重,一只胳膊湿漉漉的,眼睛抬不起来,只能看到脚下蓬蓬勃勃的青草和草丛里星星点点金黄色的野花。

远处飞着白色的鸽子,飞起来很优美。翅膀划过天空的时候,好像能把云扯下来一块似的。趴在姥姥汗湿的背上,闻着她带着淡淡咸菜气息的汗味,我觉得很安全。

后来,我们到了一个陌生的地方。房子很大很亮堂,墙壁雪白雪白,四周摆着一盆一盆绿色植物,有一种植物还结满了亮晶晶的小红果子。

对面坐着那个曾经系着红方格领带的男人。他现在已经不穿西装也不打领带了。他穿着一件白背心,把身子箍得紧绷绷的。他比那年又胖了一大圈,肚皮上的肉都快溢出来了。

他身边坐着一个瘦瘦的女人。米黄色连衣裙、长头发,有一双很大的楚楚可怜的眼睛。我以前在镜子里看见过自己和她一模一样的黑眼睛。

我顿时明白了,原来这就是我的爸爸和妈妈。

我们来到后男人和女人便争执起来,为了我。男人许是为女人罕见的强硬所激怒,抽出了皮带。牛毛黄的宽大皮带,"刷"的一声,动作漂亮利索,干脆的抽下去,女人手腕上就飞起一道道紫红色的伤痕和一声声惨痛的呻吟。

我一个人缩在墙角看着这一切,结满亮晶晶小红果子的植物就在我身旁。我惊恐得有了幻觉,觉得那些小红果子全是血珠凝固成的。我开始恐惧地尖叫,胡乱地用绵软的脚蹬踢光滑如镜的地板。

姥姥在外屋忙活。她是个哑巴,耳朵也聋。她听不到,也就不知道屋子里发生了什么。

她进来时,只看到被皮带抽得奄奄一息的女人。而龙卷风一样的男人还在疯狂地挥舞他的武器。

我的姥姥惊呆了。她从来不知道她的光光鲜鲜漂漂亮亮的女儿在这个家里的地位还不如一只猫。我的姥姥她只是一个年迈的农妇,一个两手粗糙干裂的不会说话的哑巴。

她无法保护她的女儿,她的漂亮的苦命的孩子。于是,我的不会说话的姥姥淌着两行浑浊的老泪,缓缓地向那个男人跪下了。新括括的宝蓝色棉布衫此刻在明亮的灯光下,破败得像一面绝望的旗。从此,我和姥姥相依为命。我很聪明,我很出色,我成绩门门都是优秀。我每天都在心里说,姥姥你放心,我在学校里生活得很好。我在任何人都无法生活的地方也能生活得很好。

我的头发长得很长了。我把它们整整齐齐地梳成两根小辫子,用金黄明亮的橡皮筋束着,看起来很快乐很神采飞扬的样子。我的名字也渐渐地响亮起来。谁都晓得我是个聪明清高胆怯孤傲的女生,其实这就很好,不和外界发生联系,心安理得地享受一些外界的赞美,永远和我最亲爱的姥姥在一起生活。

可是,那一个金黄色的残忍的秋天,如此丰硕的多姿多彩的秋天,把我拥有的温暖和安全撕得粉碎,又让龙卷风把它们卷走得干干净净,连半点温柔的碎片都没有留下。

姥姥病了。她苍黄的两颊飞快地陷了下去。紧绷着一层枯皱的苍黄的皮。她的眉毛很长,粗壮散乱,看上去像是一个能够隐忍苦痛的倔强女子。我亲爱的姥姥,不会说话的姥姥,一生没有触摸过声音的姥姥,你的语言藏在了哪儿呢?谁的手把它遗失了?如果可以帮你找到,姥姥,你悉心喂养大的孩子愿意用生命来换取你一晚痛苦的叫喊。

姥姥,我知道你很痛很痛。抓着我的手吧,紧紧地抓着我的手。姥姥,你喊出声音来吧，喊出来吧，痛苦会把你干瘪的胸膛胀裂的。姥姥你疼就咬我的胳膊吧，我不怕疼。疼是我们的糖，是我们相依为命的黏合剂，是我们可以在一起的最好的理由。

咦，姥姥你病好了吗？你怎么能站起来了？你笑了，笑得好温暖，像清香的太阳光。你把我抱在怀里，我又能咬着你衣襟上的绒球扣子了。好快乐好快乐啊！

那是我最后一次见到姥姥站起来。她看着我睡觉，轻轻给我盖上那床装着新棉花的被子。然后开始给我叠衣服。一件一件，叠得整整齐齐。那上面布满了姥姥抚摸的指纹。

你亲我的额头了。你着凉了吗？姥姥？你的吻怎么这么潮湿冰冷？像冬天里墙角的苔藓。姥姥，你怎么直起身来了？你怎么不吻我了？再给我一些葱绿色的清香的吻吧。我想要温暖，我想要安全，我想要你永远的怀抱……

姥姥在那个果实飘香的金秋，安静地飞走了。她最后的归宿是一只薄薄的散发着新鲜木材味的桐木棺。姥姥的身体是那么轻盈，像一只静寂的蓝蝴蝶。两个人抬着她，向已经收割完了的麦田走去。

一个巨大的地下世界。被泥土包围和淹没的世界。没有姥姥最爱的孩子和蔬菜。只有风，凄凉的无依无靠的风，在她听不到声音的耳边寂寞地吹来吹去。

姥姥和她的白屋子一起被放下去了。我开始尖叫，持续不断地尖叫，眼前出现大片大片的幻觉。灿烂的阳光。碧绿的韭菜。粗糙的木栅栏。懒洋洋的大白菜。土墙上各种各样的奖状。熏黑了的窗纸。木门上淘气的娃娃。阴森神秘的枯井。油亮笔直的红香椿树。

我们的粮食。我们的蔬菜。我们忠实的狗。我们的家。

姥姥离开我之后，我迅速地成长起来。我剪去了乌油油的长发，坚韧干脆地生活着。

一个人。只是我心底有了伤口，金色的明亮的伤口。终生无法痊愈。因为，再没有最疼我的人和我在一起了。

真爱有言

赏析／宋佳燕

一个没有得到过完整的爱的孩子，自然是她的营养，孤傲是她的灵魂。“烟灰色的绒球扣子”，“新括括的宝蓝色棉布衫”，姥姥的疼爱给了她一座温暖的天堂。姥姥已经变成一只静寂的蓝蝴蝶，沉在了一个巨大的地下世界。不会说话的姥姥把她的深情含在那个葱绿色的清香的吻里，留下了永远苍绿的天。孩子的思念化成铁的坚毅，眼泪化成热的血浆，她坚韧干脆地活着。一生没有触摸过声音的姥姥，此时一定在静静地听着外孙女喃喃的叫唤……

文章娓娓地诉说着姥姥和外孙女的故事。平静的语言，清晰的回忆，无法掩饰的悲痛，让人不由得想起身边的人，身边的爱。

淳朴的农村总是蕴藏着无言的爱，外婆住在农村里，我的童年最美的回忆总是离不开外婆。那双会制木箱会包小鸟饺子的双手，门前和伙伴一起爬过睡过的石榴树，田埂里深深浅浅的大小脚丫印，池塘里用来挠人的那根芦苇……长大的我不愿面对外婆的日渐苍老，不敢设想哪一天外婆带走我的回忆。

被爱是幸福，爱你所爱的人更是满足，感动生活的每个角落。一句“我爱你”足以让爱你的人牢牢铭记，生命随时会与人生告别，我要用行动来爱我爱的人，更要趁着还有能力，勇敢地对爱我的人轻轻说声“我爱你！”。

我们都眷恋生命，但我们要建立爱的哲学，用心，用行动，用语言去爱那些爱我们的人，否则亲人一旦离去，我们将无法承受，所以当他们还在身边，我们要用行动深爱他们，也要勇敢地说出我们的爱。

他觉得，他承受那么多的痛苦，走过那么长的道路，只为了这一天，能亲口对姥姥说这句话。

这句话，他记了一辈子

●文/韩浩月

秋夜冷冰冰的夜晚，一个小男孩走在漆黑的乡间道路上。旁边，是打着手电筒，送他回家的姥姥。

他在这个晚上正式成为孤儿——在姥姥的一手包办下，他的妈妈决定改嫁别人，并且，咬牙抛弃了他。姥姥把他送到他奶奶家去。

那年，他大概有六岁，或七岁。

在一棵大柳树下，他们停下了脚步。

“你是个没出息的孩子！”姥姥停下脚步，用手电筒照了照他的脸，仿佛是验证自己的说法。

他没有吭声。

姥姥重新挪动脚步，他们一前一后地走着。

没隔几秒钟，姥姥又叹着气说：“看你那迷糊样！你妈要是守着你，算是倒一辈子霉了……”

作为一个孩子，他还不了解“出息”这个词的涵义。懵懵懂懂中，只觉得这是个贬义词。

“我会有出息的！”他茫然地、喃喃地说。

“那是什么时候？”

是啊，那是什么时候呢？人生的道路就像眼前铺开的黑暗一样，渺茫，漫长，看不到一丝希望。

“很快吧……”说完这句话，屈辱的眼泪一滴滴地滴到他的脸颊上。

“你是个没出息的孩子！”那句话在他耳边雷鸣般一遍遍重复着，每闪现一次，他的心就仿佛被撕裂一次。

那句话像火红的烙铁一样，在他的心上烙下了一道久久难以愈合的伤口，他为这句话而自卑、疯狂、偏执，又时时用这句话在自己的灵魂和肉体麻木的时候来刺痛自己。这句话，他记了一辈子。他发誓有一天，等到自己有了“出息”，一定要站在姥姥面前，抓一大把钱，狠狠地扔在她的脸上，然后大声说：“我恨你!！”——这是他能想到的最恶毒的报复了。

为了这句话，别人付出汗水就可以得到的，他付出了两倍的血水!

一直到了有一天，他有了自己的事业，有了自己的车子和房子，有了银行里一辈子也用不完的存款……但夜里依旧会经常惊恐地醒来，仿佛看见黑暗中有无数无形的手指指着他：“你没出息！你没出息！”——他想，他可能一辈子都不会原谅他的姥姥。

他曾发誓永远不会再去见姥姥，那个一生中给他最大伤害的人。但在姥姥就要过世的时候，他还是携着娇妻爱子，衣锦还乡了。那双曾经把他推向命运的地狱的手，现在，又一次拉起了他的手——姥姥已经老了，她的眼里充满悔恨的泪水。浑浊的眼泪，无声的滴在他的手上。有什么仇恨值得记一辈子？没有。但有一句话就可以让你记住一辈子，那句话冰冷、尖刻、犀利，如针锥一样扎在你的灵魂里，让你难堪、痛苦，甚至是你一生都走不出的阴影。但可能也就是这句话，成为你人生最大的动力——做得最好，给那个最看不起你的人看!

他没有抽出那只被握着的手，而是用手紧紧地抓住了那只手，他轻轻地说：“谢谢你，姥姥……”

他觉得，他承受那么多的痛苦，走过那么长的道路，只为了这一天，能亲口对姥姥说这句话。

一把双刃剑

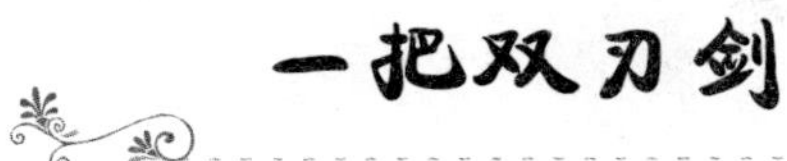

赏析／陈　静

有时候，一句话可以毁灭你的前途，也可以成就你的一生，关键在于你如何对待。

一句让他痛苦、让他终身难忘的话，成为了他一生最大的动力——做得最好，给那个最看不起自己的人看！凭着这种信念，他在事业上取得了辉煌的成就。他对姥姥的恨也因此而转变成了感激之情。

我不知道姥姥当年对他说的那句"你没出息"是不是用心良苦，就算是，我也不赞同她的做法。试想一下，一个孤儿，没有了父母的疼爱，这可能会令他感到自卑了。姥姥怎么可以那么忍心在他受伤的心灵上撒下一把盐？要知道，童年的经历对于一个人的成长多么重要。不难想像，他的童年是在自卑、偏执的阴影中渡过的。而且这种心理阴影伴随到他长大。尽管以后他有出息了，但在夜里常常会做噩梦，无数无形的手指指着他："你没出息！你没出息！"多么可怕，我想他的噩梦来源于他对姥姥的恨，解铃还须系铃人，在姥姥行将就木的时候，他回到她身边。姥姥悔恨的泪水融化了他心中积压了多年的恨。从此，他的噩梦就可以成为历史了。是啊，有什么仇恨值得记一辈子？原谅了姥姥，他的心也可以释然了。生活不也是这样么？得饶人处且饶人，我们很多心结也可以因此而解开。

朵拉并不富有，但是她仍然穿街走巷，用自己并不富足的钱买下礼物送给需要资助的孩子。

三分钱的朵拉

●文/[美]贝特·克拉姆帕斯　陈　明　译

外公去世后，外婆朵拉从费城来这里和我们同住一周。我对外公外婆的了解不多，特别是外婆。弯腰曲背的外婆，有一张遍布皱纹的活像葡萄干的脸。当妈妈要我亲吻她时，我缩在一边，心里还有些怕她。她从早到晚围着一条褪了色的旧围巾，穿着一套不合身的旧衣服，像一个影子似的在家里走来走去。很难相信，我那充满魅力的妈妈会是她的女儿。

"妈妈和爸爸上班的时候，你要在家好好照顾外婆，和外婆玩，逗外婆开心。"这是妈妈的命令。这会儿正是暑假，想到不能和小伙伴们在一起玩，我心里老大不愉快。但是，不就是一周吗？我想我还是能熬过去的。

第一天早上，外婆把自己重重地扔进藤椅里，百无聊赖地坐在那儿。我自信有了精神准备，我们家每个人都喜欢玩扑克，我说："咱们来玩扑克牌吧！"她耸了耸肩，把牌推开，用依地语说："我不玩扑克。"

"外婆，我的依地语不好，您能用英语跟我说吗？"

她轻蔑地哼了一声，然后说道："你应该学会。"

唉，这会是漫长的一周。

我不再和她说话，拿起了自己喜爱的喜剧连环画，自顾自地看了起来。从眼角望过去，我看见外婆在一张纸片上用希伯来语写着什么，她的鼻尖几乎要碰着铅笔顶端了，我很想知道她背着我在写什么。

一周就这样过去了。在最后的那天早上，我看见外婆在妈妈的衣橱里翻找。妈妈站在她身后。外婆用依地语说了几句严厉的话，把妈妈最好的衣服拿到了楼下。

"她说什么？"我想知道。

"她说我的衣服太多了。"

我知道妈妈根本没有太多的衣服。爸爸拼命干活，只为我们家挣得仅能果腹的面包。我很高兴，外婆终于要回去了。

在送外婆回费城的车上，我悄悄地向妈妈告外婆的状，妈妈很快就不耐烦了。“你应该尊重外婆！”她厉声说道。我赶紧闭了嘴。

到费城后，我宣布说，要找表兄玩，向他展示我用自己的钱买的费城职业垒球队的帽子。

“不行，你还有事儿，你得帮外婆做生意。”什么生意？

这时，外婆已经拿了妈妈的衣服消失在她的房子里。她再次出现的时候，手里拿着一个旧布挎包。妈妈将它递给了我：“贝特，帮外婆背着这个。”

我和外婆走了三个街区到了格拉德大街，这里是犹太人聚居的社区。沿街都是小商店，用金色的字母装饰着橱窗。打扮得花里胡哨的结实的木制推车上，堆满了各色货物，沿着人行道一字儿排开。这里人头攒动，讨价还价之声不绝于耳。

一个摊主叫住了外婆：“嘿！朵拉！这些天你到哪里去了？我说最近怎么没人来和我过不去了呢？”然后他向街对面的摊主叫道：“嘿！莫易西！三分钱的朵拉又回来了！你得好好看住你的钱包。”

我把自己的垒球帽拉得低低的，希望没人能猜出朵拉就是我的外婆。她正忙着在一个卖旧衣服的推车上翻找着。她拽出了一件成色还挺新的，比她自己的身材大得多的旧衣服。

“多少钱？”她用依地语问。

矮胖的摊主摸着自己的胡须，知道自己得准备迎战了。“你想要的话，朵拉，我只卖二十五分。”

外婆瞪了他一眼，伸出了三个指头：三分钱。

“哎，朵拉，我要失去我的房子了，我的孩子得挨饿了。但是我还是给你优惠价吧。”他伸出了八个指头。外婆面无表情地盯着他。摊主举起了双手，投降了。“再拿上这个吧。”他生硬地说，举着一件女士连衣裙，“也许这可以使你少到我这里来几次。”

外婆以胜利者的姿态抽出钱包，拿出三分钱，数了数，递到摊主的手上。她示意我打开旧布挎包，把她新买的衣服塞到妈妈的衣服上面。随即头也不回地向莫易西的鞋摊走去。五秒钟以后，她举着一双结实的女鞋，伸出了三个指头。

莫易西脸上不耐烦的神情变成了愤怒：“这是我最好的一双鞋，最低要价得五十分！”

“胡说！”外婆尖声叫道，她的三个指头在莫易西面前晃动。我几乎想躲起来。但是莫易西突然大笑起来。

“好，好，朵拉，今儿我没有时间和你讨价还价，这双鞋三分钱卖给你啦，再给三分钱买上这双昂贵的鞋吧。”他把一双漂亮的童鞋递给了外婆。

外婆就这样继续着三分钱东西的疯狂购物，直到花光了身上所有的钱。我已走得筋疲力尽，旧布挎包越来越重，我只好用两只手吃力地提着它。快点吧，我惟一想做的事只是给表兄展示一下我的新垒球帽。但是，我们还有最后的一站。

我跟着外婆来到了一间小办公室。这里只有一张办公桌和一个叫艾比的工作人员。“朵拉，我们都很想念你。这些天你上哪儿去啦？这小家伙是谁？”

外婆用依地语回答：“我女儿的孩子。”

“啊，原来你是朵拉的外孙子。”他向着我微笑，“你一定为你的外婆感到骄傲，你知道，她在这一带可有名了。”

“是的，我知道。”我不耐烦地嘀咕道，“他们叫她‘三分钱的朵拉’。”

艾比转向外婆：“啊，朵拉，今天你为我们带来了什么？”

外婆费劲地提起挎包，艾比从办公桌后面跑过来帮忙。外婆从挎包里一件一件地往外拿东西。每拿出一件，便把它整整齐齐叠好。然后，她把在我们家时写好的纸条一一拿出来，在每一堆衣服上都放上一张。

“她在干什么？”我问艾比。

“这些纸条上写着需要帮助的人的名字和家庭地址，我们要把这些衣服照地址给他们送去。”

“她把所有的衣服都给出去吗？”

“是的，我们这里是犹太人救济中心。”

我的脸一下子发起烧来，我感到羞愧难当。难怪格拉德大街上的所有人都和她开玩笑，然后把他们最好的东西给她，而且几乎到了不收钱的地步。原来，“三分钱的朵拉”所做的“生意”是慈善事业，那摊主都是她的“合伙人”。

我把自己珍爱的新垒球帽脱下来，把它递给了外婆。她抬起头来，疑问地望着我，用依地语问：“什么？”

“我想把我的这顶帽子也给你做生意。”

外婆的眼睛突然一亮，她紧紧地拥抱了我。我也紧紧地拥抱着外婆，用我知道的惟一一句依地语对她说：“我爱你，外婆。”

“我也爱你，贝特。”她在我耳旁悄悄地说。

妈妈曾经告诉我，外公生前极其慷慨大方，乐善好施，这样做，他感到很愉快。在他去世的时候，口袋里只剩下六分钱。我想，外婆将会剩得更少，她会感到更加愉快的。

公益重在发心

赏析／林海峰

当我们年老的时候，我们会做些什么呢？享受着退休津贴、儿孙之福，还是手捧鸟笼逛逛公园？或者会像朵拉一样用三分钱买一件物品去资助有需要帮助的人？

朵拉和她的朋友们的资助也许并不能发挥特别大的作用，受益的人也只能是一小部分，但是这样的精神力量总让人感动。我们总想着资助别人是富有之人的事，因为他们有富足的钱，从而为自己找了推卸的借口。公益有个“公”字就已经说明这是每个人都应该投身的事业，而不是只有富有的人才能够涉足这个领域。朵拉并不富有，但是她仍然穿街走巷，用自己并不富足的钱买下礼物送给需要资助的孩子。

平时在街上看见筹款箱的时候投上几块的零钱，也许就能帮助一个人就学、治病；将你不合身的衣服捐到福利院，也许就能让一个人免受严寒之苦；抽出自己的时间到贫苦的地方，利用自己的专长为他们送去技术、送去关心，也许就能激发他们的斗志。只要留心身边的一切，就会发现我们能做的事情有很多很多。“只要人人都献出一份爱，世界将变成美好的人间。”

外婆的味道，纯朴而悠远，是我们共同的关于外婆的记忆，关于一位操劳一生的老人的记忆。

外婆的刀削面

●文/林树森

差不多七八岁的时候，我被母亲送到了外婆家。

我至今仍不知道母亲为何要将我送到那里去，大约是我太过顽劣的缘故吧。我记得，当时的我很不情愿到外婆家去，曾用了各种啼笑皆非的方法来抵制。但最终，我还是被母亲拖去了那里。虽然我为此愤愤不平了三天之久，然而，现在想起来，我实在是应该感谢母亲的决定的。

上个世纪八十年代的时候，外婆那里还没有通公路，我和母亲这一路便好一阵走。待到怀揣糕酒、手携娇儿的母亲走了个七折七回，人困脚乏之际，却看见满头白发满面红光的外公，一路小跑着接了出来。

不知道为什么，儿时的我很怕外公。怕他满脸的络腮胡子和刀锋一样刚劲的皱纹，更怕他长着胡萝卜般粗细手指的大手，却惟独不怕他抱我。母亲说，我刚出生的时候，外公就抱过我。那时是夏天，他似乎怕我热，便直着小臂抱我，托着我，满村子地绕，逢人便讲："这是我外孙。"

外公的出现，使我规矩了很多。得以喘息的母亲便和外公说笑着走进村里去。七拐八折地走了好一阵，柳槐相遮映的外婆家便出现在眼前。

花白头发，笑眯眯的外婆早已等在门口。她嗯啊地应着母亲的问候，伸手挡开母亲双手捧过的糕饼，蹲下身拉我到她怀里去，硬硬的手指摸着我的头，笑着说："俺家亮亮又长高哩。"我却嘟着嘴，老大的不高兴，我不喜欢这里，我觉得这里不是我的家。

一家人笑语欢声地往屋里去，除了被母亲踢了一脚的我。

屁股的疼痛，使我抽着鼻子，满脸的痛苦状，外婆悄悄地塞一块糖给我，然而不管用，我含着糖，嘴里呜呜地响。

午饭的时候，外婆端上一盆饽饽来。

饽饽的样子，很像我们所说的馒头。或者它就是馒头，只不过叫法不同罢了。外婆蒸的饽饽，实在好吃得出奇，刚出锅的时候，带着微微的黄，不似城里食品店的馒头，白得扎人的眼，叫人一见便失了胃口。抓一个饽饽在手里，软软的烫一烫手，整个人都暖了起来，连心都软软烫烫的。就着腾腾的热气，尽着性地咬一大口，嫩嫩的香便流满了嘴，滚滚地淌到胃里去。软软甜甜的滋味，留在舌齿之间，叫人难以忘怀。

然而，我最难忘的，却是外婆精心调制的刀削面。

第一次吃到外婆的刀削面是在母亲走后不久。自小生活在母亲身旁的我，看着她渐渐远去的背影，忽然感到莫大的委屈。嘴一张，外婆的糖块剑拔弩张地飞了出去。还未等外公外婆反应过来，我已哇哇地痛哭起来。

外公古铜色的脸上立时渗出了汗珠，他喂我糖，给我买花花绿绿的贴纸，甚至用肩膀驮着我去看大牛家娶媳妇。我却丝毫不理会急得团团转的外公，自顾自地，张着大嘴号啕痛哭。

外婆一声不响地看着我，她悄悄走去了厨房，在那里叮叮当当地忙了起来。当我哭到荡气回肠之时，外婆也颠着小脚送出一碗面来。

一阵异香使我不由自主地停止了哭泣。

"吃吧，孩子。"她挑着面往我嘴里喂。

迟迟疑疑地，我咬了一小口。这的确是一小口，小小的嘴，轻轻地咬，但就是这一小口，却足以令我破涕为笑，我吮着舌头，响响地嚼着面，双眼再也离不开那碗和筷子。

从此，每当我哭闹的时候，外婆总要做面给我吃。

我至今也无法知道外婆是如何将一碗普通的面做到如此好吃的。听外公说，外婆年轻时便长于做面，尤其是刀削面，更是出名的好吃。我曾亲眼见过外婆做面，那的确不是一般人可以做得来的。首先，你必须有一身的力气，否则，单是做面条的面你便揉不来。揉得小了，面软，刚一出锅便粘在一起，缩成一坨面糊，吃不出任何味来。外婆揉面的时候，总是用着全身的气力，使劲地压下去，又用力地揪上来……直到那面硬到当当响，外婆才去揭开那口特大号的铁锅。

削面更是一个细致活儿，完全可以用赏心悦目来形容。外婆把笨拙的菜刀灵巧地上下挥舞，飞动的刀片仿佛翻飞的蝶翅，刀刀都险险地擦过手指，却永远不会削上去，闪着寒光的刀口吞吐着粉白的玉片，飞花溅玉地落入滚开的水中，晶莹的水花落到锅沿上，滋啦啦叫着滚回锅里去。

面虽要精揉细削，精华却全在汤中。外婆所用的汤料，不过是紫菜海米和葱姜蒜白之类，最多加一个鸡蛋，这一锅的鲜味儿就齐全。滚滚地煮一会儿，热热地捞上来，再烧一大勺油花儿四散的面汤，画龙点睛般地点几滴香油，无上的美味热气腾腾地横空出世了。

抱着外婆家特大号儿的海碗，一路倒着手到屋里去，趁热呼啦啦地吞一气，那滋味儿，玉帝都坐不稳。

举着那碗面，吧唧着嘴去逗邻家的狗子，是我那时最爱做的事了。

做得多了，死没出息的狗子就哭起来，这时候，慈爱的外婆便叫狗子进来，要我分一半给他吃。我若高兴，便挑几根给他，若是心里烦，我就把碗抱在怀里，死也不松手。笑眯眯的外婆也只好另做一碗来。

现在想起来，在外婆家的那几年，大约是我这几十年的生活中最幸福的时光了。

我一天天地长大了，外婆却日渐苍老起来。她挺直的腰杆弯了下去，矫健的步伐也开始蹒跚，无法再时常做面给我吃了。我也渐渐懂事，不再缠着她要面吃。我不想看到她满头大汗地做面的样子，真的不想。

初中快毕业的时候，母亲要我回城去考高中。我不愿离开外婆，便处处躲着母亲。母亲无奈，只得叫外婆来劝我，外婆却一声不响，她佝偻着腰，一步一挪地去了厨房。

中午的时候，母亲喊我吃饭，我没有吱声，外公来叫，同样没有回答。直到外婆来了，我才磨蹭着走出门去。但我被惊呆了，我被桌子上满满的一锅面惊呆了。我回头看着外婆，外婆眼红红的。她捞了一大碗热气腾腾的面，细心地调上香油和醋，颤巍巍地递给我。

我无语，我知道外婆的意思，我只是低着头，大口地扒着面。饭后，母亲又小心翼翼地说要带我回去，我什么也没说。

回城的那一天，外婆拄着拐杖一直送我到村口。她死死地拉着我的手，丝毫不肯放松，外婆的手还是硬硬的，掌心却有些凉，不似以前的温暖。

班车来了，外婆猛地推开我的手，背过脸去。

我的泪早已蓄满眼眶，但我咬住了嘴唇，拼命地忍着。

车门打开了，我低着头冲上去，木然地坐在座位上，呆呆地看着自己的鞋尖。

车里空空的，像极了我的心。车子动了，飞滚的车轮将外婆远远地抛在后面。我再也无法忍受这感觉，急急地扭过头去。外婆的身影小小的，她挥着手，在脸上抹着什么。我的眼泪再也抑制不住，它自眼眶奔涌而出。

十几年过去了，外婆送我回城的情景，依然历历在目，记忆犹新。

去年春节，我去看外婆。得到消息的外婆早早便坐在村口的青石上等我，旁边站着我的小表弟，外婆的眼早已花了，她已看不清过往的行人。

看到我走出车门，小表弟拍着手叫外婆："姥姥，姥姥！表哥来了！"外婆颤颤地站起来，她拉住我的手，硬硬的手指去够我的头。

"俺家亮亮又长高了哩。"她咧开了空空的嘴。

外婆不知道，我已有很多年不长个儿了。她够不着我的头，只是因为她的腰越来越弯了。

我的心酸酸的。

到了家中，外婆放下拐杖就去做饭，谁也挡不住。不用说，她一定是去做刀削面了。幸好小姨已经把面做好，外婆只不过把面下到锅里，坐等面熟罢了。

好一会儿，被小表弟扶着的外婆才把面端到了屋里。"吃吧，孩子。"她把面递给我。

我吃了一口，愣住了，面是苦的。

外婆笑眯眯地说："听说你要来，俺一早儿就叫你姨做好了面。知道你口重，俺就多放了点盐。"外婆的手抖抖地指着柜子上的一个玻璃瓶。

我顺着外婆的手指望去，那哪里是什么盐，分明是满满的一瓶碱。

外婆真的老了！

我似乎应该说些什么，但我觉得我更应该保持沉默。

津津有味地，我把那面吃完。

外婆的味道

赏析／许妍敏

《外婆的刀削面》里面的外婆，是一个和蔼可亲，惹人喜爱的长者，和我的外婆一样。

我是外婆带大的，因为与外婆家住得近，所以我从小到大都喜欢往外婆家跑。每次到外婆家，我要吃什么外婆都给我做。外婆做的面条、糍粑是我吃过的最好吃的东西，外婆的味道就那么独一无二，不可替代。

后来，因为上学离家远了，去外婆家的机会也少了，不能常吃外婆的手艺了，对于外婆做的面条、糍粑总是耿耿于怀的。看了《外婆的刀削面》，发觉里面的主人翁同我一样，对外婆的味道有着极深的记忆，这种记忆是随着童年的远去而日渐加深的。外婆的味道，淳朴而悠远，是我们共同的关于外婆的记忆，关于一位操劳一生的老人的记忆。

"外婆的身影小小的，她挥着手，在脸上抹着什么。"每当我读到这句话，我总是无法阻止泪水的肆虐。

外婆对于我到外地读书是很舍不得的，因为一年只回家两次。每次到外婆家说我要去学校了，外婆总是背着我走进房间，我看见她的手在脸上抹着什么。从房间出来，外婆会拉着我的手，塞给我一个红包，说是现在没力气做吃的，要吃什么让我自己买。那时，我总觉得外婆又老了几岁。外婆在脸上抹着什么的背影总是让我很心疼，小小的个子，隐忍了太多生活的痛苦。

还记得小时围着外婆转来转去要糖吃的情景，那时的外婆总是弯下腰逗我玩。现在，是我弯腰与外婆说话。

把碱当盐，外婆真的老了。

我想，当我吃到一碗外婆做的苦面条时，我也会津津有味地把面吃完的。

那是外婆的味道。

有时，我们需要一条小河，去滋润我们干涸的心田。

外婆的小河

●文/谢志强

“前边有一条小河。”外婆肯定地说。

外婆昨天从乡下来我们这里。她几次捎口信，说到城里来，可乡下家里那一摊子又放不下，不放心哟。其实，她无非也就替晚辈操持零碎家务，养鸡养鸭，烧饭炒菜，都是她做媳妇起就忙活着的事情，她却像头一回做那样新鲜、认真。我知道，农村那个院落门前淌过一条小河，她常在小小的河埠头洗菜、淘米、浆衣。

“这是在城里，哪有小河？”我懒懒地说，我猜她幻觉中仍惦记着乡村那条伴随着她生活的小河。我现在的住宅小区坐落在近郊，据说早先是一片菜畦。近两年一幢幢高楼拔地而起，已辨别不出本来的面目了，像宣纸上滴落了一团颜料，迅速地浸润开来。

外婆坚持道：“没错，是有条小河。”

我笑了，说：“外婆，我已在这住了四年了，还没发现什么小河。何况，也不需要什么河，用水，拧开自来水龙头，水就会出来。”

外婆走到阳台，似乎真看见了那条小河，可是，她面前耸立着楼房，楼房前边露出另一幢楼房的墙影，可她仍说：“是有条小河。”

我不再跟她争辩，我每天出入这片新村，再熟悉不过了，我说：“大概，……该有条小河。”

外婆的目光仿佛要穿越楼群，她没回头，说：“一定有条小河，早晨，一个老太太端着一面盆衣裳往前头去了呢。”

我倒是对断水特别敏感，关心的是一旦停水，楼内便陷入瘫痪，自来水已成了城市的血液，偶尔停水，会弄得我们束手无策，怨声载道。我想，这是城市的脆弱之处。我说：“那位老太太的家大概没有自来水，她到邻家去洗衣服。”外婆回过头，像是讨厌一个孩子无知的固执——我儿时常领教外婆这种神情，说：“可老太太就住在旁边这栋楼里，我看见她走出走进。”

我心不在焉地说：“那又能说明什么？”

外婆长长叹了口气。外婆是位威严却又不失随和的老人，她不再使用昔日的权威了，这大概与她初入城市的不适应有关吧！晚餐后，炎热减弱，晚风习习。外婆提出，要我陪她出去走走。是呀，我怎么忘了，一个闲不住的老人，整天待在混凝土建筑物里，到底憋闷得慌。外婆指指前边，说往那走走。

我说：“那边是郊区，我也不大去。”

外婆先走两步，停下来。于是，我想到了外婆提起的那条河——一条杜撰的河。我想，没错，人老了，更像老小孩，那好奇、执著，就似我孩提时偷偷地要去小河里玩耍。

走过七幢楼房，面前展现出开阔的田野，一片片菜畦，绿油油的醒目。果然，楼群尽头显出一条蜿蜒的小河，两岸的树丛草丛将河面遮挡得时隐时现，何况，窄窄的河面还漂浮着水葫芦之类的植物。可是，小河就在我们眼前，静静地流淌，无声无息。

外婆乐了，说：“是哦！”

我疑惑了：“这么多日子，我怎么就没有发现它的存在呢？”

外婆慈爱地笑了。好像我重新回到童年的天地，她颇有权威地向我介绍这个世界。这时我疑心自己陡然衰退了，我那天真、我那好奇、我那敏感，似乎都消磨在固定的生活程式之中。我惊愕了。我曾一直那么自信。

心中的小河

赏析／刘英俊

"前边有条小河"，外婆很肯定地和"我"说，但"我"总是看不到，因为这是一条只有闭上眼睛才能看到的小河，是一条只有用心才能看到的小河。

我的爷爷也曾经像文中的外婆那样子说前边有一条河，而事实上我的前边也是高楼林立的街道，虽然我的爷爷也像文中的那个外婆那样言之凿凿，但我总是很轻慢，我只相信我看到的，我的眼前没有那么一条河流。直到有一天，我家前边的楼房下陷，工程队的来勘测，说这些楼房的地下是一条地下河，我才真正相信。而那个时候，我的爷爷说：那条河在哭泣。我的爷爷说的时候是哭泣着的。老人和孩子，有着一种相似的品质，好奇、执拗、敏感，这些纯洁的品质，使他们能看到一些成年人看不到的东西。成年人的眼睛已经被物质、贪欲和各种复杂的人际关系所污染，他们只看到眼前的东西，却看不到心看到的东西。

文中的外婆，和我的爷爷看到的好像只是一些自然界的一条河，其实他们看到的是一种心灵，一种在利益与争斗、冷漠与孤独被忽视的心灵。

或许你现在不能看到那么一条小河，但希望你不要打压、不要嘲笑那些看到小河的人们，因为确实有一条小河，正从我们的眼前流过，静静地流到我们的心里面。

有时，我们需要一条小河，去滋润我们干涸的心田。

一堆劈柴，一个柜子，一个屏风，本质是一样的，都是木头，然而价格各不相同。那是因为在木头上所花的功夫不一样，因而赋予那些木头的价值也有了差异。

值钱的是手艺

●文/张枫霞

外公是个木匠。

外公的手艺是祖传的。几十年来，在我们老家那一片儿，一提起疙瘩村的王木匠，没有谁不竖大拇指的。家里有儿女到谈婚论嫁年龄的，就早早买好木料排在外公的院里，怕到时候轮不上给新人打家具；家里有聪明伶俐的男孩的，又设法接近外公，以期能跟着他学个一技之长。其实这是枉然，外公早就想从他的四个儿子中选一个接班人，使他的祖传手艺继续传下去。

我的四个舅舅中，数四舅最聪明，也数四舅文化最高——他是县中毕业的。但是，四舅就是不愿做木匠，他说一听到锯子与木头的摩擦声，浑身就起鸡皮疙瘩，让他做木匠，还不如杀掉他。那年暑假，四舅和外公大吵一架之后，背着行李卷去了深圳，气得外公三天没吃好饭。

四舅一走就是三年，三年里只写过三封家信。第一封信是第一年春节写的，他说深圳到处都是机会，只要运气好，干一年顶做木匠十年。外公一句话没说，把饭碗一搁，带着孩子买鞭炮去了。第二封信是第二年春节写来的，他说那边机会虽多，但没有一个是留给乡下人的，他依然替人打工，比做木匠辛苦多了。外公还是一句话没说，就着外婆炒的小菜和另外三个儿子喝得一塌糊涂。第三封信当然是第三个春节写来的，外公看完信后只说了一句话："打电话叫小四回来。"十天后，四舅真的回来了，他是瘸着一条腿回来的。

四舅回来后，外公既不问他外边的事，也不支使他干活。四舅就天天吃了睡，睡了吃。再懒的人搁不住没事干，何况四舅本就不懒。一段日子之后，他就主动往外公跟前凑，进而四下找零活做。外公说："你在这儿碍手碍脚，倒不如去把院子里那堆废料卖掉。"四舅高高兴兴地装了一拖拉机，拉到集市上卖了一百元钱。几天之后，外公又让他去把做好的几个柜子卖掉，这次四舅卖了一千元钱。又过了几天，外公又让他去卖一组屏风，这次四舅卖了一万元。四舅给外公钱时，有一种抑制不住的兴奋。外公说："同样是一堆木头，当劈柴，它值一百元；做成柜子，它值一千元；再做成屏风，它就值一万元。最值钱的是什么？是手艺。"

外公说这些话时，一直没有停下手中的活计，甚至连眼皮也没抬。而四舅却一下子明白了，并开始踏踏实实地跟外公学起了木匠手艺。

我们老家那一片儿，都知道疙瘩村有个瘸子木匠，木匠的手艺是祖传的，远近闻名。

生命的价值

赏析／宋　江

一堆劈柴，一个柜子，一个屏风，本质是一样的，都是木头，然而价格各不相同。那是因为在木头上所花的功夫不一样，因而赋予那些木头的价值也有了差异。

这些木头让我想起了另一个关于石头的故事：孤儿院里有个小孩非常沮丧地对院长说："我是一个孤儿，我的生命还有什么价值？"院长没有正面回答他，而是给了他一块石头，叫他到菜市场去卖。小孩拿着石头在菜市场上大喊"卖石头"，但无人问津。于是，小孩灰心丧气回到院长面前。院长叫他拿那石头到黄金市场上卖，但无论别人出多高价都不要卖出去。小孩把石头摆在黄金市场，但没有喊"卖石头"，人们却走过来研究那石头，并且出高价要把它买下来，但小孩拒绝了。他高兴地回到院长身边，并且告诉院长这一切。院长笑了笑，叫他明天把这石头拿到白金市场上去卖，同样叮嘱他无论别人出多高的价都不能卖出去。第二天，小孩把石头摆在白金市场上，也没有喊"卖石头"，人们也纷纷过来看，以为那是一块稀世之宝，出更高的价钱购买，但小孩还是没把它卖出去。他欣喜若狂回到院长身边，院长说："你明白了吗？人也是一样，把你自己放在不同的位置，生命也就有了不同的价值。"小孩点点头，从此不再自暴自弃。他通过自己的努力，成为了一名大企业家。

木头也罢，石头也罢，道理是一样的，改变了形状或者改变了位置，价值也就不同了。人不也一样么？要想改变生命的价值，不也要在自己身上下工夫吗？

自情人节那天开始他的抽屉便一直收藏着外婆动人的情书,"他珍藏着就像珍藏他俩永远不变的爱情",直到他也告别这个世界。

外婆的情书

●译/黔渝郎

一

三岁那年,父母离异,母亲把我送到得克萨斯州郊外的牧场。在那里,我和外公外婆一起生活了十五年。在儿时的记忆里,外婆是一位性格外向、活泼、优雅而富有内涵的老妇人,她会给我念各种童话经典故事,教我唱美国乡村民谣。而外公则是一位严肃寡言的老人,他很少说话,也很少面露笑容。夕阳下,我时常看到从农场里干活儿回来的外公黝黑的额头上闪烁着汗珠,这是外公给我最深的印象。我一直以为,外婆嫁给外公是一个错误。她是那么的高雅温柔,像一位公主,而他却平凡木讷得像一块岩石。

三年前,七十六岁的外婆撒手人寰。从那时起,形单影只的外公身体每况愈下,住进了老人疗养院。每个周末,我都会去看望外公。外公依然是那么少言寡语,可每次见到我,他都很开心。每次,我聊起和外婆一起度过的岁月,他都听得特别专注。偶尔,他也会补充一两个细节,这时他的眼睛总有些湿润。

外公走得很快,像一盏在风中摇曳的烛灯,刹那间灭去。一天,当我得到通知急急忙忙赶到疗养院的时候,外公的心跳已经停止。握着外公冰冷的手,我号啕大哭:"我爱您外公,谢谢您一直陪伴着我,陪伴我走过生命中重要的一程。"眼泪在脸上肆意滑过。静静地,我凝望着外公慈祥的面容。

二

绵延不尽的回忆把我带回到那已逝的岁月:从星期一到星期六,那个里面穿着蓝色衬衫、外面罩着白色大围兜的农夫耐心地饲养着一群赫里福种食用牛……炎热的夏天，他从货车上卸下大捆大捆的干草，在土地上辛勤地劳作，播下玉米和大豆；金黄色的秋天，他在黝黑的土地上收获着累累的果实，脸上带着微笑和满足……就这样，他日出而作，日落而息地把岁月的年轮踩在脚下。

外婆从小患有小儿麻痹症，不能正常走路，每天她只能坐在轮椅里。她从小喜欢读书、拉小提琴。祖父曾用轮椅把她推到圣安东尼奥市参加得克萨斯州举行的音乐节，她荣获了三等奖。外婆天生丽质而又富有才华，可是甜蜜的爱情却总是与她失之交臂。因为残疾，那些慕名而来求爱的小伙子纷纷却步，直到外公出现为止。

外公曾经救过外婆。那是发生在一八九四年夏天的事了，那年她刚满二十二岁。那是一个气候多变的季节。中午，正是碧空万里的时候，外婆自己摇着轮椅来到了离家大约六百码处的维尔茨湖畔练琴。没曾想，午后风云突变，黑云压城，狂风大作，电闪雷鸣，一场倾盆大雨从天而降。刚开始，外婆躲进了湖畔边一个近水凉亭。可是，雨越下越大，湖水越涨越高。肆虐的洪水漫过了湖畔的堤坝，涌向湖畔四周，涌向外婆栖身的小亭。眼看着水要漫过轮椅的车轮，外婆拼命地呼救。外婆和她的轮椅就像汪洋里的一叶孤舟，随时有可能被浊浪吞噬。

外公当时正从家赶往稻田，担心自己拴在草垛旁的那头赫里福种牛被冲走，他光着膀子在乡间小道上一路飞跑。轰隆隆的雷雨声几乎湮没了所有的声音，包括外婆的求救声。兴许是上帝的安排，外公居然依稀听到了有人呼救的声音，他循声找到了几近绝望的她。外公用坚实的臂膀托起几乎晕厥的外婆。外婆手里紧紧攥着她心爱的小提琴。外公把外婆送回了家。后来据外婆说，她为了答谢外公，专门给他拉了一曲自己最为得意的小提琴乐曲——英国作曲家爱德华·埃尔加的《爱的致意》。外公听得如痴如醉，只知道傻傻地笑。等外公缓过神来的时候才想起他的种牛，赶到稻田时牛早已不见踪影。外公虽然丢失了一头种牛，却赢得了外婆的芳心。每次我们开外公丢牛的玩笑时，外公总会露出难得的笑容。他总是那句话："你外婆是上帝赐予我今生最好的礼物。"外公说这话时一脸虔诚与感动。

每个星期天的早晨，每当做完家务事后，外公都会穿上他那套灰色的西装，带上灰色的帽子。外婆则会穿上她深红色的套装，戴上雪白的象牙项链。接着，外公推着轮椅上的外婆去哈斯辛大教堂。这一辈子，他们几乎就是这样度过的，再没有别的社会活动。外公和外婆都是循规蹈矩、恬退隐忍、性格沉静的人，他们没有别的想法，每天只是做着他们应该做的事。

眼前这个慈爱的老人做我的外公已经有三十五年了。在我的记忆里，他留下的只是一个普普通通的农村老人形象，只懂干活儿，不懂情趣，不谙风情。在我的大脑里，外公外婆的感情生活平淡得像白开水，波澜不兴，了无生气。

三

护士把我从记忆中唤醒："太太，很抱歉。请把您外公的随身物品拿走好吗？这里很快就会有人住进来。""好的，我这就取走。"我开始整理外公住过的房间。外公的遗物并不多，很快就收拾好了。正要离开的时候，我突然想起床头柜的抽屉还没有检查过，于是打开了床头柜抽屉。抽屉最靠里的地方躺着一个看起来非常古老的手工艺品，是一个用粗麻缝制的心形袋子，一看便知道是老式的情人节礼物。打开袋子，我发现一张已经褪色的折叠成心状的粉红色信笺。我轻轻打开信笺，外婆那熟悉的笔迹映入我的眼帘：

哈丽亚特给里斯的信，它代表着我所有的爱，于1922年2月14日。

你是一位精灵，还是一个有血有肉的人？这一切都是真实的？或许，你是我今生最美丽的梦想。你是一位天使，你难道不是我心中的白马王子？你是我梦中希冀已久的可以祛除空虚、隔离惆怅的爱恋。你的出现难道不是为了帮助我减轻苟活在人世间的痛苦？你在哪里找到可以聆听我倾诉的光阴？你怎么能够触摸到我内心最绵软的地方？当我陷入悲痛、沮丧的时候，当我的心在滴血的时候，你却让我开怀，让我感到世间最幸福的温馨。虽然我不能行走，你却如天使一样带我起舞，让我如天鹅般翩翩起舞。你知道吗？你为我采集的露珠变成了瑰丽的宝石；你为我采摘的野花，在我眼中就如芬芳的兰花那样令人心醉。你对着我唱歌，好似天使在向我发出美丽的召唤。你握住了我的手，也握住了我整个的爱。你给了我一枚美丽的戒指，我成为你的新娘。我永远属于你，哪怕风吹雨打，哪怕海枯石烂。

读着外婆给外公的信，我一任眼泪顺着脸颊静静地滑落。我原以为他们不过是一对普普通通的老人，命运之神勉强将他们撮合在一起。他们的思想，他们的爱情或许就和他们的日常生活一样平淡无奇。我从没有想到过他们的爱情之火竟然是那样炽烈，那样的刻骨铭心。我读到的文字是那么的隽永而优美，那么的令我感动。外公把外婆的信珍藏了那么多年，就像珍藏他俩永远不变的爱情。我把那封珍贵的信小心翼翼地叠成了一颗"心"——恢复了它的原状。那颗爱"心"现在被我虔诚地放在了家里的梳妆台上，成为我们这个家庭怀想外公外婆的恒久念物。

真爱很平凡

赏析／梁亚燕

真正的爱或许不需要在爱人的耳边无数次重复你的甜言蜜语。爱之极，是默默无私的付出，一次次无声地呵护，一个个赋予爱的馨香的举止。外公对外婆的爱很平凡，但刻骨铭心。

真爱无需过多的藻词来张扬。“外公是一位沉默寡言的老人，平凡木讷得像一块岩石，不善于言辞，从未在外婆耳边用美丽的言语表达他内心的爱意，”但他说：“你外婆是上帝赋予我今生最好的礼物。”一句简单的话，却是世上最最动听的话，对外婆来说，已胜过无数句海誓山盟了，它代表了外婆在外公心中的地位，是无人能取代的。

爱从来都是行动上的。外公虽然不善于用花言巧语来哄外婆开心，但他为外婆所做的一切都是发自内心的。他从不在乎外婆的残疾，他尊重外婆的一切，热爱外婆的一切，包括外婆的身世、外婆的爱好，他只希望外婆高兴和幸福。他为外婆采集的露珠，为外婆采摘的野花，对外婆唱的歌，让外婆感动、心醉的事虽不惊天动地，却使外婆沉浸在幸福之中。外婆在情书中感激地说：“你让我开怀，让我感到世间最幸福的温馨。”外婆是明白的，外公的爱已化为无言的举动。

外公很珍惜与外婆在一起的日子。外公是平凡的，他的生活也平淡无奇，但他的内心却一直珍藏着一段美丽的永久不变的爱情。自情人节那天开始他的抽屉便一直收藏着外婆动人的情书，“他珍藏着就像珍藏他俩永远不变的爱情”，直到他也告别这个世界。当外婆离开人世时，外公的身体每况愈下。他心爱的人离开了，他痛不欲生，而他仍然是那么的少言寡语。他没有咒骂苍天对他开的玩笑，也没有向任何人哭诉，只是“聊起和外婆一起度过的岁月，他都是特别的专注”。外公对他的真爱专注了一生，倾注了一生。他默默地坚守着他的爱，以简单的语言与行动，诠释了真爱。

生命里的感动
往往就在那轻轻的一笑
瞬间融化了冰雪的寒意
心中漾起春的涟漪
绽放出柔润的花朵

生命里的感动
是不经意的一声问候
如柔风静静拂过琴弦
飘来欢快的乐符
让灵感也轻松地飞扬

生命里的感动
在你转身回首的刹那
柔软的目光里
盛满不舍和依恋
美丽的往事
如风中的玫瑰
留在深深的记忆
永远无法释怀

感动系列

记着有人在爱你

心中的那一片春光

爱在心里
积蓄了一个冬天的力量
你温暖的微笑
使心思变得粉红
好似春光里的桃花
婉约、娇情
摇动着你在我心底的背影
心潮澎湃
流过指尖的你的余味
氤氲着春色满园的目光
初春
你在我的视线里
明亮起来

惊悸的抽泣中，我看见她嘴唇流着血，直流到了下巴上，她还没有发觉，那是她打我时咬着嘴唇的结果。

想起娘亲（节选）

●文/李　钧

一九七三年春天，我四岁。

一天晚饭时，一位婶婶吃着刚出笼的馒头来到我家。她常常吃馒头是因为她丈夫在粮所工作。婶婶的馒头让我艳羡不已。她倚在我家厨房门框上慢条斯理地吃着，对我母亲说："这回蒸的馒头不白。不过还是甜丝丝的。"我牢牢地盯着她或者说是盯着她手里的馒头。我紧绷住嘴角，怕一不留神口水会流出来。那时候我不知道有"口水汪洋"这个词，上大学前的标准化语文教学，使我不敢想像可以这样使用汉语。但是今天想来，作家莫言的这个词多么贴切呀，这就是我那时的感觉。

在我对婶婶的馒头行注目礼时，母亲正在灶前蒸干粮——一锅地瓜面窝头。母亲没接婶婶的话茬，只是不时瞥一眼我那如痴如醉的样子并叫我到别处去玩。我没动，那个馒头像磁铁一样吸住了我这个小铁屑，我在心里想像：如果她一失手把馒头掉在地上，我会像猎犬发现目标一样毫不犹豫地冲上去，哪怕被踢上一脚。然而，那个馒头不仅没掉下来，而且在婶婶手里一点一点变小，一点一点地经过她的喉咙进入胃里。最后一点进入她的嘴里以后，婶婶拍拍手走了。我下意识地低下头，失望却仔细地看地上有没有掉下的碎屑。不会有的，那几只柴鸡一直在她脚下逡巡。还没等我从对那个馒头的沉湎中醒过来，母亲已大步流星地跨到我跟前，几乎把我拎起来，没头没脸地开打："没骨气的东西！以后再看人家吃东西，我把你的眼挖下来……"我放开喉咙号啕，而母亲却没有因为我的哭喊停下手，相反每打几下就问我以后还看不看别人吃东西。直到我听懂了她的意思并使劲做出保证后，她才停下手。惊悸的抽泣中，我看见她嘴唇流着血，直流到了下巴上，她还没有发觉，那是她打我时咬着嘴唇的结果。

这事过了没多久，夏日的一个黄昏，我们正在院子里吃晚饭，公社革委会单主任领着一个漂亮的小姑娘来到我家。这样的"大人物"能认识我们，因为他认识我父亲。小姑娘大方地走到饭桌前，看到我抓着地瓜面窝头吃得很香，就好奇地问她爸爸："他吃的什么？"单主任恶作剧地说："猪——肝！"小姑娘就也要吃。单主任就从窝头上掰了小拇指那么大一块，放进小姑娘嘴里。我看着她鲜红的小嘴嚅动着，就像在吃一块泥巴。刚刚嚼了两下，小姑娘就皱起眉一脸痛苦不堪的样子，拉过单主任的手，把那块"泥巴"吐在了上面。单主任一甩手，"泥巴"划着优美的弧线落在了远处，我家的柴鸡就一起向那个方向奔去。

第二天同一时间，单主任又领着那个小女孩来了，女孩手里提着一个精巧的小竹篮，上面盖了一块白底蓝花的小手帕。她把篮子放在我家饭桌上，取下手帕——那里面是四个白白胖胖的馒头。我一见那白得刺眼的馒头心里就一激灵，条件反射般握着手里的半块窝头扭过身去，我觉得我快要哭了。小女孩却绕到我面前，从我的窝头上揪了一大块塞进嘴里，勇敢地直视着我不屈不挠地嚼起来。"不屈不挠"，现在想来，小姑娘留给我的印象就该用这个词来形容，并且我觉得用在她身上比用在那些烈士身上更贴切，因为她还是一个孩子。她用了很长时间咽下那口窝头，冲我笑了，很甜，用当时的"革命化"语言应该叫作"露出了胜利的微笑"。单主任说昨天是让他的孩子来"体验生活"。

他们父女走后，母亲将那馒头，分了两份，用笼布包了两个让姐姐给奶奶送去，然后从一个馒头上掰了一半递到我面前。我看都没看那馒头，只是嘴里满含着最后一口地瓜面窝头含糊不清地说："我吃饱了。"然后响亮地喝起了玉米糊糊。母亲的手就那样在空中停着，过了很久才放下那块馒头。她不出声地坐在了小桌的另一边，又过了一会，她进屋找了一支烟，坐回来，点上，深深地吸了几口后站起来，到厨房里切了点辣椒，做了一点辣椒油，淋进了我面前的咸菜碗里。我夹起一根咸菜先闻了一下，对母亲笑了笑说："真香！"那一瞥却让我心里一紧，因为母亲眼里有泪光……那馒头最后是怎么处理的，我不知道，反正我一口没吃而且连看都没看……

母亲的尊严

赏析／杨　娟

对于童年,也许已不再年少的我们最眷恋的是我们的玩伴,最不舍的是我们那颗不受羁绊的心。而对于童年时候的母亲,我们最不能忘怀的也许不是母亲无微不至的照顾,而是母亲少有的劈头盖脸的一顿打骂。

为什么那一次的记忆如此清晰?因为母亲用暴力掩盖之下的尊严唤醒了一颗童心的尊严。在那之后的人生道路上,它一直引导着"我"如何做人,给予"我"一股不屈不挠、不向困难低头的力量。

文中讲了两件事,一是"我"看着婶婶吃馒头而遭到母亲的一阵疼打,另一件是面对着小姑娘送来的白白胖胖的馒头,"我"不为所动,而是把玉米糊糊和淋了辣椒油的咸菜吃得津津有味。"我"的一个巨大的转变竟使得母亲泪光莹莹。看到幼小的"我"突然树立起来的尊严,母亲是欣慰和感动的。

母亲的心是温柔的。每一个儿女都是从母亲身上掉下来的肉,打在儿女身,痛在母亲心。孩子所承受的皮肉之苦远远不及母亲的心口之痛。也许,不谙世事的"我"突然有了这么大的转变并不是因为怕母亲的再一次痛打,而是看到了她流血的嘴唇,突然醒悟,原来母亲打"我"时,她的心在滴血啊!

我也想到了自己的母亲,已是满头白发却依然艰辛劳作的母亲。一直以来,母亲没有跟我们说很多做人的大道理,而是以自己的为人处世方式启发着我们。在最艰苦的时候,母亲也从来不恳求别人的帮助,即使再累再苦也一直坚持自力更生,她也是一直凭着自己的力量维护自己的尊严。

离我们最近的幸福在我们身旁守候，我们可能在一秒钟就能读懂它，也可能要用上整整一辈子。

游　　戏

●文/孙雪晴

有时候我们很像是在迷宫里为找寻出口而四处打转的鸽子，为寻找幸福，或忧伤或快乐着。我们不清楚那颗最甜最香的幸福玉米在哪一个出口，也不清楚当我们为一些本不属于我们的幸福不假思索地飞去时，一些沉静、踏实的小幸福却一直安稳地待在离我们最近的地方，为我们守候。

我有一个基本上跟别人的妈妈一样的妈妈。她可以每天在上班下班的单调里挤出时间来做一些好吃又好看的小菜，可以大冬天很神奇地不用洗衣机洗完一整盆衣服，可以想方设法把家里搞得像五星级宾馆，也可以不分由头劈头盖脸剋我一顿。基本上，她符合一切我印象中妈妈的标准：不太懂得打扮自己，但可以让原来白开水一样的日子有滋有味，丰富得一塌糊涂。

其实，我一直不太明白从一个女孩变成一个妈妈需要多长的一段时间，不太明白一个妈妈怎样去适应照顾另一个人的责任。她必须熬上十个月，然后生下一个老跟她作对的小东西，然后一把屎一把尿地把他养大，然后没日没夜地想着法儿让眼前这个小东西过得比她更好。反正我妈说了，就在生我痛得死去活来时，听见我生生的一声叫，她就温柔坚定地下了决心，要做妈妈了。我不明白，就一秒钟的事，她就改变了幼稚的心，决心要做妈妈了，决心要承担起妈妈的责任了。

对妈妈的感情，我一直觉得处于半迷糊状，有时觉得她真的很伟大，有时又恨她恨得牙根儿痒痒。不过长这么大，我算是弄明白一件事，就是我把我一辈子的爱和恨全加一块儿也敌不上妈妈对我的爱。所以不管我怎么气她，都不划算。但小孩子嘛，总是不服输的。我总喜欢用自己的小气、生硬、不讲理去和我妈比试一下，我总这么去试探她其实柔软的心。

一次，我从外面回家，天像下漏了似的，大雨狂下。我穿着雨披，可鞋子、裤子还是全湿了。进家门后，我把鞋一扔，嚷了句：妈，等会儿帮我把鞋弄干，湿嗒嗒的，明天没法穿。嚷罢我就自顾自地坐下来看报纸。但那天我的脾气和外面的潮湿程度成正比。像吃了炸药一样，不知怎么又没头没脑地埋怨起妈妈来。妈妈那天很生气，也狠狠地剋了我一顿，雨越下越大，我们越吵越凶，最后我索性狠狠甩出一句：你算什么你，我学习这么忙你还这样搞，我不想跟你吵了！然后坐下，一声不吭，埋头只管做作业。妈妈也傻了眼，本来她面红耳赤地想反驳我一句，但没想到我竟一声不吭了，她也只好气呼呼在一旁沙发上坐下。

我心里暗想，你狠吧，我比你更狠。我不和你说，我看你怎么凶。果然她一声不吭了。十分钟后，我开始慢慢抬起头，想看看她在干什么，又怕她看见我在看她。接下来有趣的事情发生了。我每隔一会儿就想看看她，其实她就坐在我身后。我只要稍微一扭头就行，但我偏不。我开始担心她了。她不会被我气哭了吧，不会以后都不理我了吧。我实在熬得难受。我想自己只要扭过头说一句我错了，一切都没事了，但我觉得实在下不了台，所以一直僵在那儿。

差不多一个小时，我听见沙发上有声响，我猜想她开始整理沙发了。我在心里默默说，只要她站起来，走到我身边，我就抬起头说，妈，刚才我错了。一会儿她真的站了起来，走到我身边。我又狠狠地想，只要她帮我把我的书包拎进我的房间，我就说妈我错了。没多久她真的这么做了。我微微抬起头，见她气鼓鼓的样子，我继续一声不吭，她也一声不吭。我继而做出一个个的假设，假设她帮我倒一杯热水，假设她帮我挤上牙膏，但她真的一一做到了。我仍旧拉着脸，没有说出口。最后，我狠下心想，如果她把我的鞋子弄干，我一定说。她真的弯下腰，拎起鞋子，走进洗手间，帮我用吹风机吹鞋子。这时，我早已抬起头，我仔细地看着她的每一个动作，弯腰，伸手，提起，我甚至在心底掠过一丝阻止她这么做的念头。但她做了，我只是一下子觉得耳边嗡嗡地响，鼻尖酸得要命，眼泪顺着手中握的笔流到了刚写的钢笔字上，水蓝色的字化开了，我在我的眼泪里注视着她所做的一切。她一点点平常地做着，我一遍遍狠狠地骂自己不是东西。只是，我哭的这会儿，她没看到。她一直背对着我。然后她在洗手间里说了一句：不早了，来刷牙。语气像以往一样平常，却甜蜜得让我无地自容。

我回想着她做的每一件事，说的每一个字，发的每一个音。她几乎每天都这么重复着。她重复着，安心着，没有怨言。我每每熟视这些镜头，却让它继续重复着，没有一丝感激。我恨自己恨到牙根儿痒痒。

其实，我一直习惯于和妈妈玩游戏，一个又一个的游戏，而我在游戏中总能赢。不是我的小气、生硬让我赢，也不是她的好脾气让她总是输，只是因为我是她女儿，而她是我妈妈。她微笑着、宽容着面对我的每一个错误，就这么简单。而我却满不在乎，不在乎身边触手可及的幸福。

无意中，知道妈妈喜欢站在阳台上远远看我骑车上学去的背影。我没有做别的，只是第一次在心里有了一种叫责任的东西。每天以最快的速度骑上车，拐过弯儿。然后在妈妈能望见我的那个路口，骑得特别慢，幅度特别大，我只想让她明白，女儿上学去了，妈妈再见。我第一次，第一次想做个快乐的失败者，让妈妈傻乐一回，赢我一回。毕竟她和我之间的游戏，她注定输一辈子。我对她的关爱永远不及她对我的关爱。

妈妈依旧每天挖空心思给我做好吃的东西，依旧每天把我裹得像粽子一样让我去上学，依旧每天准时站在阳台前看我摇摇晃晃在阳光下远去的背影，依旧每天做一些我还没有察觉到的平凡小事，依旧每天在忙碌的工作中想她麻烦的女儿。

我和妈妈继续玩着没人知道的游戏，继续守着这简单的游戏规则，而我也会在某年某月一个阳光灿烂的大街上，牵着已经老得掉牙的老妈大声说话给她听，然后低下头狠狠地亲她一下，然后让她在满大街人羡慕的眼光下傻傻地乐上下半辈子。

我们可能永远不明白我们的父母在想些什么，但我们可以肯定，他们平平凡凡地生活辛辛苦苦地工作是为了我们。我想等我们明白时，我们也是自己子女的父母了。

离我们最近的幸福在我们身旁守候，我们可能在一秒钟就能读懂它，也可能要用上整整一辈子。

妈妈的味道

赏析／梁毅娟

人，往往就是这样，看别人的故事总能明白，读自己的故事却似乎永远不懂。或许你我都有同样的感受：当以旁观者的身份看完《游戏》，读完这个似曾相识的故事后，才蓦然发现，自己原来也是同样的幼稚与无知，同样的倔强与任性地和妈妈玩着那样的游戏，同样懵懵懂懂地忽略了这份就在身边触手可及的幸福。

是的，我们都有着"一个基本上跟别人的妈妈一样的妈妈"，都经历过惊人相似的事情。于是，作者所说的便显得平凡、琐碎甚至有点儿老生常谈。但是，这些小事却没有令人感到枯燥乏味，相反却是耐人寻味。缘由何在？那是因为这是作者的亲身经历，也是读者的切身体会。从未考虑过妈妈的味道是怎样？读罢此文，才知道就是那些"一直安稳地待在离我们最近的地方，为我们守候"的"沉静、踏实的小幸福"，就是妈妈那些无止境的关爱与无边界的包容。妈妈的味道，不仅无声无息，而且无色无形，但却又无处不在，无时不有。它固然不是虚无缥缈的，但却需要用心才能触摸到。

当我们走出家门的时候，或许都曾忽略过那个注视着我们远去的背影的妈妈。我想，如果可以的话，下次出门我们不妨也放慢一下脚步，让阳光下的背影在妈妈心中多定格一会儿。

妈妈的味道，也许我们要用一段时间才能读懂它，却要花上一辈子的时间去读透它，感受它。

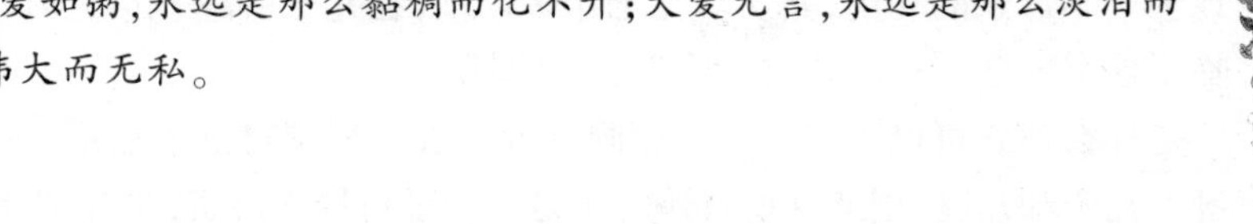

母爱如粥，永远是那么黏稠而化不开；大爱无言，永远是那么淡泊而悠远，伟大而无私。

母爱如粥

●文/胡双庆

有这样一位母亲，她儿子因车祸变成了植物人。她坚持每天给儿子讲一些儿子小时候的故事：七岁时光着屁股在小河里游泳，被虾刺伤了屁股；八岁时赤着脚丫蹿到树上吃桑葚，让毛毛虫咬得浑身疙瘩……林林总总，儿子都已经忘却了的事情，她总是记忆犹新，如数家珍。另外，她每天总是会利用一大部分时间来给儿子熬粥。拣那种最长最大、颗粒饱满、质地晶莹、略带些翠青色的米粒，一颗一颗精心挑选。熬一罐粥，通常要花费两个半小时。她小心翼翼地把粥倒进一只花瓷碗里，一边摆着头，一边对着粥吹气，吹到自己呼吸困难，粥就凉了。她微笑着用汤匙喂给儿子吃，可是儿子闭着眼睛，漠然地拒绝了她，她并不生气，微笑如昔。

第二天，继续拣米——熬粥——吹冷，并且微笑着接受儿子的拒绝。

日复一日，年复一年。她的手指已经变得粗糙而迟钝，她摇晃着的头已经白发丛生，她的气力也大不如从前，往往是粥冷到一半时便已经上气不接下气，必须借助蒲扇来完成下一半的降温。可是她依然很小心地做好每个细节，精致而虔诚。可是这一切，儿子并没领情，依然以冷漠拒绝着她。她一直微笑着，始终没有落下一滴眼泪。

这种热情与冷漠的对峙，持续了八年零七十三天，在第八年零七十四天时，她正和儿子讲着他小时候的故事，儿子突然睁开眼睛，不大清晰地说了声："妈妈，我要喝粥。"她顿时泪如雨下——这是自从那次车祸，医生宣布他脑死亡之后，开口说的第一句话。医生曾对她说过，像他这种情况，只有十万分之一的机会。

儿子那天喝到了久违了的母亲热的粥；粥并不像他以前喝到的那么美味，由于火候没有控制好，粥有微微的煳味，而且还有咸咸的眼泪的味道。可想而知，母亲是多么不平静。

故事到这里并没有结束。三个月之后，就在儿子完全可以生活自理之时，母亲突然撒手人寰。临走时，握着儿子的手，笑容安详而从容。儿子在清理遗物的时候，发现了一本母亲的病历，其实早在七年多以前，在儿子昏睡一年之后，不幸又一次降临了这个家庭——母亲被确诊为肝癌晚期。

是什么信念可以支撑一位肝癌晚期的女人与病魔对抗了七年，医生说这是个奇迹。儿子却知道，创造这些奇迹的正是——那可怜而尊贵、平凡却伟大的母爱。

大爱尽在不言中

赏析／赵虹斌

在这个故事里，我看到了母亲的耐心、坚强，以及永不放弃的信念，她坚信自己的儿子能够康复，因此她数年如一日地精心照料着因车祸变成了植物人的儿子，没有丝毫的怨言，直到自己白发丛生，直到忘记了自己的病。更可贵的是，一直以来，面对儿子冷漠的拒绝，她依然以微笑接受，做好每个细节，精致而虔诚。她始终没有落下一滴眼泪，无论是生活的艰苦，还是她自己身上难忍的病痛，在煎熬中度过了八年多，没有任何怨天尤人的慨叹。是什么支撑着她坚强地生活下去？就是她对儿子的爱啊！就是这种精诚所至、金石为开的爱，换来了儿子的苏醒和康复。

在现实生活中，我们几乎每个人都处于这样的爱的关怀之下，有人体会到了，有人却没有。父母对我们的真情实感，我们可以视而不见吗？父母辛勤工作，省吃俭用，以及整天操劳，都是为了让我们能吃好穿好，能健康的成长。虽然我们的生活中不可能重现故事中的情节，但母爱、父爱这种真挚诚恳的感情是一脉相通的。我们的母亲对我们的爱和文中那位母亲的爱在本质上是没有区别的，都是那么的朴实和伟大，平凡而真挚，感人至深却尽在不言中。让我们好好体会这种无言的浓情蜜意吧，这是我们今生最大的、最珍贵的一笔情感财富。

以后我们还会因为一点儿小事对母亲大呼小叫吗？还会对父母发脾气、和父母唱对台戏吗？对母亲的唠叨还会厌烦吗？我相信我们不会了，因为我们明白了这些都是他们对我们的爱，虽然没有直白地说出来，但都已经化入细致入微的关怀中了。这种无言的关爱，我们应学会用心去体会，从现在起，好好接受父母无言的爱意，并尝试无言地爱我们的父母吧！

母爱如粥，永远是那么黏稠而化不开；大爱无言，永远是那么淡泊而悠远，伟大而无私。

其实我们并不真的需要那两个包子。然而我们的父亲，他为了那仅有的一次未能满足自己的儿子们，却足足内疚了二十多年。

父　爱

●文／邓云涛

那是上个世纪七十年代末的事情了。当时我和哥哥还小，都是鼻涕虫，没有上学的我们整天只知道到处疯玩。家里的经济条件很差，这便让年幼的我们注定要与饥饿为伴。我和哥哥对于顿顿窝窝头和地瓜干充满了刻骨的仇恨。我们每天做的事情，就是看能不能搞到一点儿属于一日三餐之外的美食，而父亲的包子则是我们最望眼欲穿的期待和最爽口的“零食。”

父亲是一名石匠，在离家三十多里路的大山上开山采石。每天清晨，父亲骑着家里惟一的一辆破自行车出发，晚上再骑着它回来。早上天还没亮的时候，母亲都要从她视为宝贝的面粉袋里摸索出一点面粉，点着油灯为父亲做两个包子。管这叫“包子”，实在有辱“包子”的形象——灰灰的面团里没有一丝肉末，只有两滴猪油和少许白菜帮子而已。

那两个包子就是父亲的午饭。父亲早上不吃饭，中午就靠那两个包子充饥，晚上回家吃饭。他身体不好，经常咳嗽得厉害，每天的工作就是把五十多斤重的大锤挥动几千下。这样两个名不副实的“包子”，能否提供给父亲继续挥动大锤的能量尚不可知，可是，父亲却把它们省了下来，带回来给了我和哥哥。

为了顺利拿到这两个包子而不至于被母亲发现后责备，我和哥哥每天总是按时地跑到村口去“迎接”父亲，每当破自行车“丁丁当当”地载着父亲熟悉的身影出现时，我们就会高声欢呼着冲上前去。这时，父亲就会微笑着从他的挎包里掏出本是他的午饭的两个包子，我和哥哥一人一个。

包子的味道虽然并不可口，但仍然可以让嘴馋的我和哥哥得到很大的满足，我们一个劲儿地狼吞虎咽。这时父亲总是站在一旁慈祥地看着我们。

这样的生活持续了两年，这件事成为我们和父亲之间心照不宣的秘密。母亲每天仍然天不亮就点着油灯做两个包子——那实际上已经成了我和哥哥的零食的包子。

后来，家里终于可以顿顿吃上白面了，我和哥哥也逐渐对父亲的两个包子失去了兴趣，这时包子才又重新属于父亲。那时我和哥哥已经上小学了。

后来我和哥哥都考上了大学，都在大城市里谋得一份体面的工作。但儿时的这段记忆，就像是躲在墙角的蛐蛐，小声而固执地呜咽着。多年来，我一直觉得对不住父亲。

终于，今年过年回家的时候，我与父亲谈及此事，父亲却给我讲述了他的另一种心酸。父亲说，其实他在工地上也是吃饭的，不过只是买个硬窝窝头而已。记得有那么一天，他为了多干点儿活儿而错过了吃饭的时间，当时已经买不到窝窝头了，父亲饿极了，就吃掉了本来就属于他的两个包子，后来当他走到村口的时候，我和哥哥照例去“迎接”他，听到我们高喊着“爹回来了，爹回来了”的一刹那，他搓着自己的双手非常内疚，因为自己无法满足儿子们小小的愿望。

父亲哽咽着对我说：“我为什么要吃掉那两个包子呢？其实我是可以坚持到回家的。我记得那时你们很失望，当时，我差点儿就落泪了。”

父亲说，为这事，他内疚了二十多年，觉得自己没有尽到做父亲的责任，让幼时的我们受了太多的苦。

其实这件事我早已忘记了。或许我当时的确很失望，但世上哪有一个小孩子会因为一次没有满足口腹之欲，而久久地怨恨自己的父亲呢？现在想起来，我只记得自己年幼的无知。其实我们并不真的需要那两个包子。然而我们的父亲，他为了那仅有的一次未能满足自己的儿子们，却足足内疚了二十多年。

那一次我流泪了，是的，在如山的父爱面前。

深沉的爱

赏析／苏志明

父亲的爱很深，隐藏在他的内心深处，不容易让人发觉。一旦你发觉了，你就觉得父亲的爱很沉，如大山一样重重地压在你的心中，直叫人想哭。

两个包子，对于“我”和哥哥来说，是满足口腹之欲的零食；对于父亲来说，是饥困交逼时的能量来源。谁更需要这两个包子？在父亲看来，是他的孩子。当看到孩子高声欢呼冲上来“迎接”自己时，相信父亲一天的饥饿感与疲惫十之八九被抛到九霄云外了，他并不介怀孩子们只是冲着包子而来的，反而因自己可以满足他们的愿望而感到幸福。这种幸福感是用他的身体健康作代价的，可他并不在意，因为他的心全被孩子占据着。当只有一次没有满足孩子的口腹之欲时，他差点就落泪了，觉得自己对不起孩子，而且竟然为此而内疚了二十多年。在这段漫长的岁月里，他积压了多少悔意？做过了多少补偿？我不知道，但我相信一定有不少。

“那一次，我流泪了，是的，在如山的父爱面前。”如山的父爱真的很沉。“我”的泪水不仅蕴藏了感动，还有深深的悔意，为了儿时的馋嘴，更因为自己不懂那一份父爱。父爱如山，我们不识此山真面目，只缘身在此山中，但我们还需要努力去认识。

一个人遭遇坎坷，就像一棵在墙角里生长的小树，只要心中有了一片春光，它就能够成长，就能够去面对凄风冷雨的洗礼。

心中的那一片春光

●文/华 军

高中毕业那年，我接到了大学录取通知书，当我抑制不住心中的喜悦，狂奔到家的时候，却见到父亲用板车拉着心脏病复发的母亲，蹒跚着走了出来。我一下子傻了，赶紧和父亲一起去了医院，之后便是父亲为了母亲的住院费，变卖了家里几乎所有可以卖掉的东西，本已是捉襟见肘的家里更是雪上加霜了。那些日子里，我没敢将我的那张录取通知书给父亲看，望着他脸上日渐加深的皱纹，说实话，我的心情矛盾极了，但最终我还是痛苦地作出决定。在一个没有风的傍晚，在那棵陪我一起长大的香椿树下，含泪将那张录取通知书撕掉了……

我和表哥一起去县里一家私人办的木器加工厂当了临时工。那一年，我只有十九岁。

半年之后，父亲承包了村里的一块河滩地，他带着我去拣石头、拉土，用我们的双手和汗水建起了一个小养猪场，也是从那时起，我成了我们村里年纪最小的“猪倌”。每一天里，割柴、铡草、拌料、喂猪、铲粪、冲圈，不但是皮肤晒得黝黑，手上磨出了老茧，身上也整天和猪一个味儿。这些倒还可以忍受，最令我无法面对的是村里人的讥讽嘲笑。那一次，我提着一桶猪泔水从家里出来，邻家的二婶老远就捂上了鼻子，待我走过她身旁的时候，听到她对人说道：“他老娘还说让我给他介绍对象呢，瞧他身上这味儿，谁家姑娘嫁给他谁倒霉！”听了这话，我真想将泔水都泼在她脸上，但最终我还是忍住了。一回到猪场，我就扑进自己的小屋，那一天，已长大成人的我，竟抱着枕头，孩子一般委屈地哭了……

天色渐渐暗了下来，圈里的猪嗷嗷叫了起来，父亲在外面叫我，但我赌气没有搭理。后来，父亲进来了，我依然趴在床上没动，他便没有再说什么，出去了。

夜渐渐地静了下来，外面响起了悠扬的笛声，在淡淡的月光下，我抬头望过去，竟是父亲……

"爸,你吹得真好听,以前我咋没见你吹过哩?"

父亲见我终于走了出来,脸上有了一抹微笑,他用衣角轻轻拭了拭那笛子,而后,拿出烟荷包,卷上了一根烟点上,他望着我,好久才幽幽地说道:"这还是你爷爷在世时学的呐!那时候,咱家也不富裕,我小学都没念完。后来,也是在你这个年纪的时候,县里的剧团到咱村演出,那团长就住咱家里,我给他吹了一回,他很高兴,当时就和你爷爷说,要带我去县里。你爷爷也答应了,但我想了一个晚上,还是没有跟他走!"

"那是为啥呀!"

父亲深深地吸了一口烟,"那时,你奶奶身体也不好,咱家就我一个好劳力,上县剧团虽说有工资,一个月也才几块钱,而我在村里的副业队筛沙子,一个月的工分顶十几块钱呐!就为这,我没有去,后来,你爷爷骂了我一通,还赌气把我的笛子给砸了,从那以后,我就再也没动过!"

"那你今天咋又……"

"也没咋,这些年我觉得苦的时候,就在心里吹上这么一段,再苦,也就能熬过去了……"

"爸,你吹的是啥曲子哩?"

"《春光》,我自己给取的名字!"说到这儿,他捻灭手中的烟头,又一次把笛子放在了唇上……

那一夜,皎洁的月光糅在悠远的笛声里,花瓣一样洒在父亲的身上,洒在他布满皱纹的脸上,也洒在了我那一年的心上……

从那一夜以后,我似有所悟,开始塌下心来做我的小猪倌,并在劳动之余,重新拿起了书本,因为我知道,我的心中已经有了一片和父亲的笛声一样深沉而又满载希望的春光……

那一年的八月,我写的几篇散文和诗歌先后在市里的一些报刊杂志发表了,而且,还有一篇获了奖。那一天,我专门去县里用我得的稿费为父亲买了两瓶好酒,父亲在那一晚,望着我却什么也没说,他微笑着,那眼里竟有两颗晶莹的泪……

第二天一早,我起来喂猪,父亲却叫住我。"孩子,不用喂了,咱今儿去县里把前几天卖猪的钱取了,到乡中学复习班报个名,要不过几天就开学了……"

说实话,听了父亲的话,那一刻,我真是又惊又喜……

一年之后,我再一次顺利地考上了大学,而父亲一直在养猪。那些年,他明显地瘦了,老了,但每一次我回到家,他都很快乐。这样的日子,一直持续到他去世的时候。在整理父亲遗物时,我意外地发现了当年被我撕掉的那张财经学院的录取通知书,它已被父亲粘贴好,平平整整地放在他的那个小檀木匣子里。捧着那张已经泛黄的录取通知书，我的泪水就止不住地流了下来……

到如今，我依然保存着这张录取通知书和父亲的笛子，每当见到它们，便会想起父亲的微笑，想起父亲为我吹笛子的那个月夜。是的，一个人遭遇坎坷，就像一棵在墙角里生长的小树，只要心中有了一片春光，它就能够成长，就能够去面对凄风冷雨的洗礼。我想，我的人生就是这样的，而且，我的人生也是从父亲为我吹响一曲《春光》的那个月夜才真正开始的……

无言的理解

赏析／陈珠丹

当我读到“也没咋，这些年我觉得苦的时候，就在心里吹上这么一段，再苦，也就能熬过去了……”我哭了。父亲与儿子两代人都因为谅解上一代人而把自己的苦深深埋藏在心里，就像含着药片在嘴里，却始终不能吐出来，只有让那苦味一直在自己的身体里蔓延扩散……因为他们理解，理解长辈的难处，理解自己所处的环境，所以他们选择放弃自己的路，而去跟随长辈的脚步。

父亲与儿子，缺乏言语的沟通，但却完全理解对方。儿子明白父亲的负担，放弃自己的大学之路，选择留下与父亲一起挑起生活的担子。父亲也知道儿子的懂事与委屈，连那一纸撕碎的通知书都已粘贴好，儿子的未来其实一直存放在他的心里。他们相互之间是一种无言的理解，这种无言的理解像一瓢清泉在彼此的心中潺潺地流动，沉默无言，却感动满溢。

无言的理解是一种伟大的支持。面对困难坎坷，他们之间没有互相埋怨，没有互相责备，有的只是给对方默默的支持，为对方默默地付出。

无言的理解是一束温暖的春光。现实是冷酷的，只因为彼此之间的理解，他们心中才有了那一片春光，才有了被温暖包笼着的无以言说的幸福。

无言的理解是一股温暖的爱，是一种支持的力量，在残酷的现实面前，只有那相互之间的理解支撑我们走过风雨，踏平坎坷，找到爱的归属。

无言的理解能让人们默默地相互扶持，相互抚慰，但愿理解的泉水流淌在每个人的心中，源远流长。

深爱无痕,写在每一个平凡的家里,写在平凡的小事里。

那一天,我终于读懂了爱

●文/卡伦·奥菲泰莉 蒹葭苍苍 译

那已经是很多年前的事了,我上四年级时的第一个星期。那天放学之后,我从学校出来,沿着联合大街向市中心的我爸爸的修鞋店走去。然而,在到达他的修鞋店之前,伍尔沃斯连锁店的橱窗像磁铁一样吸引了我的目光。橱窗正中显著的位置上摆放着一个红色格子花呢的书包。书包上那红色鲜艳的塑料手柄在秋日明亮的阳光下闪烁着绚丽多彩的光芒。书包的前面是一个嵌入式的铅笔盒,它的开口处镶着一条有着黄色拉环的拉链。我靠近橱窗,把脸贴在玻璃上,以便能够看清楚它上面的那两个扣环。它们也是用那种红色鲜艳的塑料做的,而且它们被恰到好处地安装在书包的盖子上。如果我能有个这样的书包,那我不也就像珍妮特和我们班上其他女孩子一样了吗?我想到。但是,我知道那是不可能的,我爸爸从来都没有说过要给我买这种书包。

想到这儿，我气愤地从肩头把我的那个褐色的书包滑下来，然后使劲将它摔到我前面的人行道上。在这明媚的秋阳下，这个皮书包一点儿光泽都没有，而书包上那黄铜做的扣环也是那么黯淡，没有一丝闪光。此刻，它就这么静静地躺在人行道上，像一头又老又丑的母牛，横亘在我和橱窗里的那个红色格子花呢书包之间。我的书包是爸爸自制的。

然而，无论我怎么苦思冥想，也想不出一个合适的理由对爸爸说我不想要他给我做的这个书包。最主要的，那个红色格子花呢书包要3.98美元一个，我想我们可能买不起。

第二天早晨，当我醒来准备去上学的时候，我感到非常为难。因为今天，珍妮特邀请我们班级所有的女孩放学后到她家里去喝下午茶。在这之前，我不仅从来没有喝过下午茶，而且也从来没有去过珍妮特的家里。我不想背着这个破书包去她家里。在我们班里，她是一个很讨大家喜欢的女孩，而且，她还拥有我们每一个人想要的任何东西。不仅如此，珍妮特还拥有一头漂亮的金色鬈发，她住在郊区的一栋单门独院里。她的爸爸在一家大公司里工作，而且还有自己的办公室。珍妮特也有一个从伍尔沃斯连锁店买来的配有铅笔盒的红色格子花呢书包。

那天上课的时间好像特别长，没有尽头似的。终于，好不容易熬到了放学，我们八个女孩一起来到了珍妮特的家里。哦，这一趟我真是不虚此行，大开了眼界。她的家比我所想像的还要漂亮。看着她家豪华的装饰，我感到就好像是在拜访一位公主似的。

珍妮特的妈妈端着一个银质的茶壶，帮着她为我们倒茶。而我们则几乎都在等待着吃饼干呢。就在这时候，门开了，珍妮特的爸爸走了进来。

“嗨！爸爸！”珍妮特张开双臂向他跑去迎接他。他没有看珍妮特，只是心不在焉地用手轻轻地拍了拍她的头。“哎，别把我的衣服弄破了。”他一边说一边向后退了一步。

“哦，嗯，对不起，爸爸。”珍妮特说，“您想见见我的朋友吗？”

“我没有时间。”他不耐烦地说，同时，打开公文包，从里面掏出来一摞报纸。

“凯瑟琳，”他对着珍妮特的妈妈粗鲁地问道，“我们家今天要干什么？”

他指的是我们。

“罗恩，”珍妮特的妈妈道歉说，“我知道你想说什么——不过，请原谅这些女孩子们。”她说着离开了餐厅走进厨房。

顿时，这间漂亮的餐厅成了珍妮特父母争吵的回音室。

“你应该知道，我回到家里喜欢安静。”珍妮特的爸爸嚷道。

“是的，我知道，但是，这一次，我认为你不应该介意。”珍妮特的妈妈争辩道。

“如果我回到家里没有一个和睦安静的环境，又怎么能够指望我养家挣钱呢？我想让那些小孩立刻离开这儿！”

接下来，珍妮特的妈妈就没有作声了。然后，厨房的门“砰”地一声关上了，并且，我们听到沉重的脚步声向楼上走去。

一会儿，珍妮特的妈妈回到了餐厅。“姑娘们，我非常抱歉打断你们，”她低着头，眼睛不敢看着我们任何一个人，满怀歉意地说，“现在，大家赶快把饼干吃完，然后你们可以到珍妮特的房间里去玩，等你们的父母来接你们。”

于是，我们只好默默地吃完饼干喝完茶，然后又默默地走到珍妮特的房间里去了。珍妮特的床上盖着镶有荷叶边的床罩，窗户上挂着带有皱边的落地窗帘。不仅如此，她还有一台电视机、一台收音机和一台电唱机。长那么大我还从来没有见过这样的房间——真是太漂亮了。

看着看着，我又想起了自己的房间——在我那个墙上涂着廉价的、略有点晃眼的粉红色油漆的窝里，地板上铺着破烂不堪的油布，家具也都是别人用过的旧家具。我环视着这里，几分钟前，我还对它艳羡不已，而现在只让我感到畏惧。

我的思绪不禁又回到了那个下午。那天，当爸爸伸出双臂紧紧拥抱我的时候。他身上的粗布围裙把我的脸都磨疼了，想到这，我不禁抬起双手揉搓着我的脸颊，我又想到了那块苹果卷饼，爸爸每次只买一块给我吃，而他自己却从来都不舍得吃一口。而且，不论他每天有多少鞋子要修理，他总是要抽出一些时间和我说话，对爸爸来说，我好像是最重要的人。他总是慈爱地看着我，问长问短。

这时，我的目光正好落在了珍妮特的那个红色格子花呢书包上，它正放在白色的写字台上。我情不自禁地伸出手去，满怀羡慕地抚摸着那个漂亮的红色塑料手柄。但是，我突然发现，它的上面布满了一道道划痕，不仅如此，那用来固定背带的铆钉也因为书籍太重的缘故而被拽了出来。仔细想来，这个书包，其实就像珍妮特的生活一样，并不是那么完美。

就在那一刻，我突然非常想回到家里去。我想和我的家人们一起围坐在厨房的桌子旁，大家一边吃着硬皮面包，一边开心地笑着，聊天儿……就这样，我一边想着，一边焦急地盼望着爸爸快点儿来接我。

许多年过去了，我仍然珍藏着那个破旧的皮书包。爱，不是来自于银质的茶壶里——当然，也不是来自于红色格子花呢的书包上。有时候，它却来自于一间不大的房间，来自于一块特意准备的苹果卷饼，当然，也来自于那个自制的褐色的皮书包上——因为，那上面的每一针每一线都是用爱缝起来的啊！就在那天，我终于明白了，爸爸对我的爱就像他用来给我做书包的那块皮子一样坚韧，一样真实。

深爱无痕

赏析／黄爱婷

小珍妮特过着公主一般的生活，拥有我们每个人想要的任何东西，包括“我”最希望得到的红色格子花呢书包。但没想到她的家就像这个书包一样，有漂亮的外形设计，却布满一道道划痕，精致，但不堪一击。这个书包装着的不仅是沉重的书籍，还有同样沉重的家庭压力。

“我”是一个穷人家的孩子，只有一个简陋的小窝，一块廉价的苹果卷饼，一个似一头又老又丑的老牛般的书包，但是它们是那样坚实，每一点每一滴都是那样的完美，让人感到的是深切的温暖，深爱无痕。

珍妮特的父亲，用金钱为她建了美丽的房间，舒适的生活，却不能给她带来父爱的温存。物质上的享受使人麻木，物质上的过分追求已像一把把利剑划伤了孩子与妻子的心。是这种金钱至上的精神改变了家的真正意义。于是这一切美好都是那么的让人恐惧，让人心寒。

“我”的父亲是一个穷困的鞋匠，不能在生活上给我太多的奢侈，却可以成为“我”最坚实的依靠。那一个破旧的书包，装着的不仅仅是书，还有父亲深深的爱。虽然是那么的不加修饰，但每一针、每一线都那么坚韧，那么真实，因为这是用爱连接的，不带上一点儿不安与烦躁。这让我想起我的母亲。小时候，不管什么天气，她都会送我去学校。我们家没有豪华的小车，只有一辆开了几年的小摩托车，但妈妈对我的爱就印在那磨破的骑座上，凝聚在我们的谈笑里。或许很平凡，但保护着我冲破风雨，支持着我勇敢向前。

深爱无痕，写在每一个平凡的家里，写在平凡的小事里。

母亲病魔缠身，已经好长一段时间起不来，在我离开家准备上学时，母亲只有流不尽的眼泪和一双颤抖不止的手在拍打炕沿……

悠悠继父情

●文/李燕凤　三　木

我无法记起生父的模样，因为在我刚满三岁的时候，生父就离开了人世。只是从母亲点点滴滴的回忆中，知道襁褓之中的我很幸福。

孤儿寡母的生活艰难异常。没有学历的母亲，只能靠仅有的宅前两亩自留地和外出打些零工养家糊口。生父去世三年后，母亲终于挺不住生活的艰难，经人介绍认识了个男人。那天只见血红的晚霞中，母亲翻过那座山冈，背后跟着一个男人。虽然我还小，对男女之间的事不是很懂，但我明白母亲领回的这个男人，就是我的继父。自从继父到我家里后，母亲愁苦的脸上，渐渐有了笑容。日子还是很苦，但家总归有了些许温暖。

但不知怎的，到了上学年龄，继父就是不同意我上学，虽然母亲也说女孩子念了书还不是嫁人，看我哭得死去活来，就劝继父依了我吧。继父气呼呼地扔下三块钱，骂道：看你小兔崽子能念出个啥名堂。或许也正是从那一刻，内心对继父的“恨”也油然升起。还是生父好啊。

母亲仿佛猜透我心事似的，悄悄地对我说：“凤儿，莫怪你继父，其实他是个好人。他一生穷怕了，也苦怕了。”我就这样上了学，庆幸的是我学习成绩一直很好。继父和妈又连生了三个孩子，日子更苦了。后来继父又几次劝我退学。记得有一次，家里农活实在忙不开，继父竟跑到学校来，拉起我就走，我哭着喊着，吵声引来了老师，老师看着继父，动情地说：“老李呀，家穷我知道，但要是我有燕凤这样的好孩子，就是砸锅卖铁，我也要让她念下去，直到她考上大学。”继父听了愣了半天，最后说：“老师，凤娃子当真有那么大的造化？”

“当真。”继父一句话也没说，转身就走了。晚上，继父蹲在门口，抽着旱烟，好半天对妈说：“凤娃子要真有那么大的造化，她生父在天有知，一定会高兴的。”

上小学四年级时，我到离村子七里地的另一所小学念书，第一堂课，老师给我们这些苦孩子讲了她的故事，她本来也是个天分极高的孩子，只是由于父母双亡，才……讲时，她眼圈有一丝红，贫困农家的孩子，只有靠读书才能走出苦难生活。从此，我更加刻苦学习！第一名从未旁落他人。有一次，我穿着一条脏兮兮的短裤、赤着两只脚丫就走进了教室。老师没顾上跟我说句话，就将我推到一辆载沙的拖拉机上，说："你代表学校到镇里参加竞赛吧。"我一听自己是代表学校去考试，顿时浑身气昂昂地来了精神。可当我大步走进考场时，竟引来他校同学的哄堂大笑。竞赛的老师也生气了，拉着我就往外走，还以为我是个要饭的，后来我得了第一名，当那位老师到学校送奖品时，不无感触地说："真是穷人家孩子早当家呀。"他抚摸着我的头说："李燕凤，人生的坎坷没有什么走不过去的，主要看你有没有一颗坚强的心。"

上中学不像小学那样简单，要到十多里外的镇上念，还要交一笔高额学费（实际上是几十块，但对于我家是个天文数字），临开学时，继父手托下巴，半天无语，妈知道他的难处，就说："凤娃子，你也看到了我们这样的家庭，不如妈给你找个人家，过两年嫁过去，也就了了妈这份心。"妈说的是实话，但成亲以后怎么办呢？难道还走母亲的老路吗？我哭了。

继父瞅着我，心疼地说："凤娃子妈，就让她念吧。"母亲一听继父的话，不觉泪流了下来："念，念，但钱从哪出？"继父站了起来！清了清嗓子说："住村东头的李大炮，早就劝我跟他上矿上去！我一直没拿准，明天我就去。"

我和母亲都知道继父指的矿就是这几年在镇上兴起的小煤窑，虽然苦了点，累了点，但比种地收入高。母亲有一丝不放心，因为这一刻她又想起了前夫，况且小煤窑无论是工作环境，还是安全措施，都没有保障，万一出个三长两短……继父明白母亲的意思，用手抚摸着母亲的手，说："我会小心的。"

第二天，继父就上矿，望着继父的背影，头一次我流下了眼泪，那一刻，退学的念头从我脑中晃过。我那天不知怎的，特伤心，哭得什么似的。晚上，继父回来，看见我红红的眼圈，心疼地说："凤娃子，我相信老师的眼力，只要爸有一口气，就不会让你退学。"我扑在继父的怀里，痛痛快快地叫了一声："爸。"就哽咽住了。这或许是继父与母亲结婚以后，我第一次发自心底的呼唤。

初中三年，我一直是班上的前二名，但家里的情况却每况愈下。初中毕业后，母亲背着继父对我说："凤娃子，我知道你是个出息的孩子，但这些年妈承受的苦你是看见了，妈是不希望你再念下去了，但又不忍心耽误你的前程，孩子，这次你听妈的，若再想念，就报中专吧。"听了母亲的话，我哭了，但最后我还是狠下心考了高中。放榜时我考了个全镇第一名。母亲知道了，愣愣地坐在地上半天，随后像疯了似的，抓起扫帚就打我，我吓得撒腿就跑，母亲在后面猛追不放，而正在这个节骨眼，学校报喜的队伍走进了我家，母亲举过头顶的扫帚僵住了。当师生们弄明白是怎么回事时都哭了，校长很同情我，和母亲在屋里谈了很久，而在屋外的我仿佛正经历着一场生死抉择。半天，校长泪还未擦，就从屋里走了出来，轻轻地抚摸我的头说："李燕凤，你妈和你继父太不容易了。"听了这话，不知怎的，我蹲在地上号啕痛哭，送喜报的师生就这样跟着校长悄然走了。

由于初中校长的努力，高中三年，所有的学费和杂费都免了，但我的学仍念得非常吃力，家里的境况也一点未变，况且随着年岁的增长，母亲的病也愈来愈多，但母亲怕影响我学习，不让弟妹告诉我。到了高三，我由于长期营养不良，身体开始顶不住了，经常头晕目眩，好心的班主任和同学就经常给我带些好吃的，我内心的温暖不是常人所能体会到的。

紧张的高考复习进入最后阶段时，别的同学们忙着让家长买营养品，我却只能吃两顿饭。即使这样，我的钱也已告罄。正在我又一次陷入"经济危机"时，继父从村子里托人给我捎来一包东西和四十元钱。我激动得哭了，我知道如果家里有五十，继父绝不会只拿四十的，想到这一刻，心里不觉泛起酸涩的感觉，我顺手伸进继父托人捎来的东西，一摸，是鸡蛋，整整六颗，而离高考正好也是六天。我的眼泪不觉滚滚而下。

"凤娃子，你考上了。"山道弯弯，继父一路欢歌一路跑，他仿佛比我还高兴，母亲也笑得好甜。然而笑过之后，面对录取通知书上要交的学费时，继父和母亲都沉默了。半天，继父说："凤娃子，去吧，念了书，就会有出息，再挺四年，爸也就熬出头了。"面对我和母亲的惊愕，继父接着说："我没攒下什么钱，这钱是我刚刚从矿主那儿借来的，本来就准备给你念大学用。"

走的那天，继父没送我，他说矿主不给假，他得加班多干点活，为早一点还完矿主的债！父亲早上临出门时，朝我重重地看了一眼，说："以后就看你了，爸这一辈子只能给人做牛做马，可也没养活好一家人。"继父感慨万千地走了，我的心却从未有过的难过，像什么堵在心窝。那时，母亲病魔缠身，已经好长一段时间起不来，在我离开家准备上学时，母亲只有流不尽的眼泪和一双颤抖不止的手在拍打炕沿……

大弟一直送我到大路汽车站，说："姐，我不送你了，别忘了给家写信，爸虽然不是你的亲爸，但实际上爸最挂念你。"

我哽咽了……

两个月后！我收到大弟来的第一封信，他说：我走那天，小煤矿崩塌了，继父被活活地埋在井下，母亲本来就有病，经这么一打击，半个月前，也……

信没看完，我晕了过去。

我知道以后的大学生活，只有靠自己了，直到今天，当鲜红的大学毕业证书呈现在我的面前时，我仿佛还看见继父用鲜血换来的四千元学费。

继父，如果你九泉下有知，女儿，终没让你失望。

什么时候不再为贫穷流泪

赏析／何翠凤

文章用朴实的语言写出了作者对继父的那份爱，言语间无不透露出父女之间的那份悠悠之情，同时也写出了穷人家父母的无奈与艰辛，穷人家孩子的坚强与痛苦。

文章中的继父是一个地地道道的没有知识文化的农民，可是他却希望儿女可以好好学习文化知识，可以出外闯闯。他不希望自己的儿女像他一样一辈子困死在一个小地方，所以他为他的妻子、儿女付出了一切，甚至是生命。孩子考上大学时，继父“一路欢歌一路跑，他仿佛比我还高兴”，为了让孩子继续学业，继父甚至向煤窑主借了四千元钱。凤娃子离开家乡去追寻自己的人生，但继父却再也没有从煤窑里出来了。这样的结果可以说是现实的残酷，也可以说是贫穷的悲哀。

现代社会里诸如此类的事并不罕见，穷人家的孩子总是要比普通人家的孩子面对更多苦难，穷人家的父母总是比普通人家的父母承受更多艰辛。“可怜天下父母心”，世上哪个父母不希望自己的儿女过上幸福的生活，可是现实毕竟是现实。这样的悲剧让我们深思：什么时候我们不再因为贫穷而流泪呢？

“深爱无距离”。或许我们与父亲之间不是缺乏爱，而是缺乏发现的目光。

继　父

●文/邵宝健

不怕你笑话，巷口那个驼背鞋匠是我的继父。他是背上先有座“小山”才不得已弄了个鞋匠的行当，还是因为长期弓着背补鞋钉掌才弄了个“小山”在背上，未可知。我只知道，他在两年前和我母亲结婚时，我正对司画女神爱得疯狂，而驼背继父的出现使我一度对毕加索和变体、怪诞画法着了迷。

二十岁的男子汉嘛，是很要面子的。继父刚来我家时，我连出门也不好意思。我没有理由恨母亲。她嫁给那个驼背，完全是为了不务正业的我和尚在初中读书的小妹。我有了个继父后，画画就有了物质保证。尽管这样，我一点也不喜欢他。我从来没叫过他一声“爸”。依我看来，他活着就为了三桩事：一是鞋匠的活计；二是喝酒；三是讨母亲欢喜。他那难看的始终鲜红的酒糟鼻，就是因为酒喝得过多的缘故。

他对我的游手好闲，并不反感；而对我钟情于画画，却有点不以为然。这自然是因为我的花销要威胁他的酒钱。我还从他的眼神里，感觉到他对我的警告。他似乎和我母亲谈过：动笔杆子的人，包括握画笔的，大多是没有好下场的，或者说是靠不住的。

我自小爱好画画，水彩、油画、中国画，无不涉及。也许是天赋不足，抑或是未期机遇，学画多年，至今仍一事无成。我的画进不了画展，偶尔投过稿，均无音息，更不要说能变成小钱。但我不气馁。高考落榜后，我索性关起门来潜心作画。那些画友，自从知道我有了个驼背继父，似乎也不大愿意和我磋商画技了。哼！

这天，我恐怕是向母亲要的钱多了一点，继父也似乎多喝了点酒。他的话特多，且含糊不清。经过母亲的翻译，才知道——他说我已是条汉子了，不能老呆在家里吃闲饭，将来他们两口子总会死的，到时再想到创家立业便来不及了，实在找不到合适的工作，可和他学习补鞋，现在补鞋的赚头也很不错。

这是什么话！我一气之下，三天不回家。后来还是母亲和小妹把我从我的同学家找回去的。

我了解到县城那家袭一品画斋，代人出售画作。我跃跃欲试，手舞之，足蹈之。

经过七天七夜的苦战，我终于完成了一幅油画，题为《傍晚》。长1.5米、高0.8米的画面上，是一条铺满落叶的小街，一位美丽的姑娘在街上缓行，头部斜侧，深情回眸，街尽头是如血的夕阳。

我决定用这画去袭一品画斋碰碰运气。一位戴金丝边眼镜的白须长者细细鉴定后，问我想定怎么个价。我踟蹰了。我穷的时间太长了，老做寄生虫，脸上无光啊。我渴望钱。我伸出右手，五个手指撑开："五百元。"那位长者以为定价过高了点，用体恤的口吻要我掉价。按照规定，代售的画作无论售出与否，都得按定价和滞留的天数收取手续费。

我不想掉价，咽了一口唾液："就这样定了！"

几天过去了，没有买主。一个月过去了，画面上蒙上些灰尘。

我终于病了。高烧，昏睡，说胡话。我被送进医院。继父的鞋铺停业了半个月。他在我的病榻前守护了许多个夜晚。这是事后听母亲说的。我在昏睡中还尽说些"傍晚——五百，五百——傍晚"的胡话，谁也不悟其义。

病愈后，我回家养息。我变得终日无力，不思茶饭，人瘦脸黄，判若两人。

这天，我接受母亲的劝告，外出散步。头脑里一片空白。不知不觉又踱到袭一品画斋。再也没有勇气进去了。那位白须长者发现了我，走出店堂喊住我。我的运气像太阳一样升起来了——《傍晚》已在三天前被人买去。我取回巨款，激动得可以。

母亲不敢相信，眼眶也湿润了："原来你的画这么值钱啊。"

继父闻悉此事，特意买了些酒菜，以示祝贺。

自此，我的身体恢复了元气。我画画的热情高涨，有时通宵达旦地挥笔，家里人也不作干涉。

继父继续拼命地做鞋活，还把鞋铺的门面开大了些。为了省钱，他自己动手搭了个绿色的玻璃钢雨棚。记得那天，继父特别高兴，哼着小调，把竹梯靠在墙上。他背了座"小山"往上爬的样子，叫人看了直想发笑。突然，不知怎么一来，只听见他轻轻的"唔"了一声，人便从竹梯上滑落下来。

脑溢血。当夜，继父再也说不出话，心脏停止了搏动。他含着笑睡去了，带走了属于那个已经消逝的岁月里的沉沉的叹息。

我在整理继父的遗物时，意外地发现了一幅油画藏品——我的杰作《傍晚》！

我捧着画，哀伤和苍凉的情绪急骤地袭来。我号啕大哭。我觉得能够告慰于继父亡灵的事只有一件,就是振兴他遗赠给我的鞋铺。于是,我就做了鞋匠。至于将来我有没有希望当上画家,那要看我的运气了。

父爱是一座山

赏析／于青陌

人们常常用父爱如山比喻父爱的深沉。母爱是一种阳光的温暖,阳光对肌肤的一缕缕抚摸实在细腻,很容易让人记住。而父爱是母爱阳光下的影子。父爱总是在暗处,无声无息,如果不仔细寻找,很容易被人忽略。《继父》中的继父对“我”的爱就是那种像山一样深沉的爱,文中的继父没有高深的学问,没有优雅的爱好,没有贴心的话语,他有的只是对“我”的打击,“动笔杆子的人,包括握画笔的,大多是没有好下场的,或者说是靠不住的。”有的只是对“我”的警告,“已是条汉子了,不能老呆在家里吃闲饭,将来他们两口子总会死的,到时再想到创家立业便来不及了,实在找不到合适的工作,可和他学习补鞋,现在补鞋的赚头也很不错。”他带给“我”的只是耻辱。但这些就是继父对“我”的所有感情吗?继父真的这样不可亲不可敬吗?不是的,在冷漠的后面,在打击的后面,是一份最贴心的感情。他的打击和警告是为了“我”以后的生计。继父没有温暖的话语,但却有最有力的行动。他为了这个家奉献着自己的精力和人生。为了给儿子一个宽慰,他买下了儿子不成熟的画作。

文中的继父使我想到了我的父亲。我在外求学,是姊妹中最令父母牵挂的,所以,父亲常会走很远的路来探望我。那天,父亲又来探望我,我与父亲边走边谈,话题当然紧扣我梦牵魂绕的“心灵驿站”——家,父亲微笑着告诉我想知道的一切。与父亲并肩走在一起,我突然感到自己长大了,而父亲却明显衰老了。女儿心中的父亲高大而强壮,那山的脊梁阻挡一切风霜,寒冷冬天中,让我们感到温馨;遮挡一片绿阴,炎炎夏日里,让我们觉得凉爽。如今父亲白发添了几根根,皱纹也爬上额头。父亲推车与我走进临街的一家水饺店,又要去买些别的食品,我阻止他,但父亲还是坚决走了出去。望着父亲走出小屋,我的眼睛湿润了。“距离衍远爱”,自从去年我离家求学,才体味到父爱的深沉。

“深爱无距离”。或许我们与父亲之间不是缺乏爱,而是缺乏发现的目光。

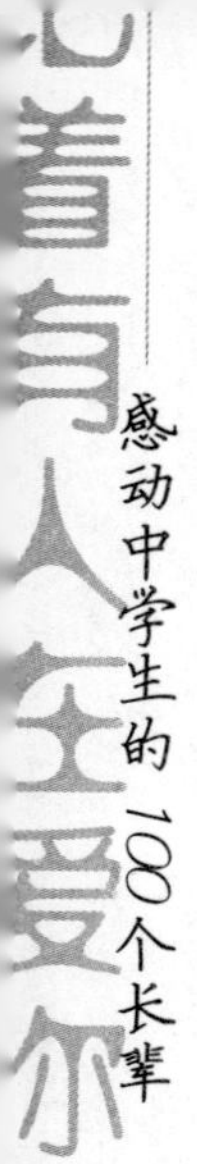

我们为每一份爱所感动的时候，是否也应该学会对每一份爱体谅，对每份爱感恩？

后　娘

●文/张　珂

黑丫还穿着开裆裤，娘就死了。爹又娶了个女人，那个长着瓜子儿脸的女人就成了黑丫的后娘。后娘漂亮，人也和善，可黑丫就是不喜欢她。

后娘来后，黑丫隔几天就能吃回好东西。后娘塞给她两个红皮鸡蛋，说这是晌午饭，家里人都吃这。黑丫扒在厨房门口，偷着看后娘煮了多少。后娘一边拉风箱，一边往嘴里送窝头吃。黑丫觉得后娘心里鬼得很。

黑丫是个匪丫头，上树掏鸟蛋，下河摸鱼虾，从不落在男娃后头。衣服被枝丫挂破，鞋子糊成泥巴团，是常有的事。以前亲娘在的时候，她没少挨打。为了避免皮肉之苦，每次野完后，黑丫都偷偷摸摸地躲在粮仓后的厢房里洗鞋子，缝衣服。后娘没来多久，她的这点儿小秘密就被发现了。黑丫怕她告诉爹，爹打起来狠。可后娘始终没在爹面前提这事。让黑丫没有想到的是，往后一进院门，后娘就检查她的衣服、鞋，有破的就拿去缝，有脏的就拿去洗，有时还会说："你爹马上就回来了，先换套干净的去。"黑丫从不领情，她觉得后娘很假。

爹想让后娘生个男孩，后娘怀上了，又悄悄打了。爹气得用羊鞭抽后娘，后娘抱着头让爹打。爹打累了，哆嗦着乌紫的嘴唇问后娘为啥？后娘靠在窗沿上，眼睛直愣愣地盯着窗户外的柳条儿，有气无力地说："再有个娃，我们就对黑丫不好了，没亲娘的娃娃，可怜着呢！"

爹蹲在地中央，抽了一袋烟，用力撅了羊鞭，再不提这事了。

黑丫长大了，在县城里上中学，只有寒暑假才回来，后娘经常托人给黑丫捎东西。别人都很羡慕她，说："你娘真好。"黑丫一听到这话，只是笑笑。

有一年腊月，爹和村里的青壮年上山伐木，雪突然来了，下得很猛，爹被困在山上，一时半会儿下不来。不巧的是，在那个雪最大的晚上，黑丫得了急性阑尾炎，痛得满床打滚。后娘找不上帮忙的人手，一个人用爬犁把黑丫拉到了县城，十几里的山路，她拉着爬犁走了大半夜，走得动时走着拉，走不动时爬着拉，一刻都没停下来。

黑丫的小命算是保住了，可后娘却病倒在床上。黑丫看着后娘冻裂的手指头、肿得明晃晃的脚脖子，真想扑到她怀里叫声“娘”，可话到嘴边，还是咽下去了。

黑丫学习用功，考上了大学，毕业后留在了城里。她准备嫁给一个事业有成的可靠男人，那男人待她特好，但男人离过婚，有一个六岁的儿子。这件事后娘反对得很坚决，多次打发爹到城里表示家里的态度，甚至威胁和黑丫断绝家庭关系。看爹多次进城没有结果，后娘亲自来了，她拉着黑丫的手，声泪俱下：“闺女啊，当个不是自己生的娃娃的妈太难了，你可千万得想好了，一辈子的事啊。”黑丫只是淡淡地说：“好着呢，不用受十月怀胎的苦就有娃了，捡了个大便宜。”后娘又说了很多，黑丫听得不耐烦了，“你不也过得挺好吗，没生过孩子的身子，四十多了还跟黄花大闺女似的。”后娘听了这话，捂着嘴哭。后娘走了，黑丫看着她颤颤巍巍的背影，有一种酸酸的感觉。她始终不知道后娘打掉孩子的事。

黑丫还是和那男人结婚了，做了别人的后娘。婚后的第一个春节，黑丫领着男人和孩子回娘家。黑丫第一次叫后娘“娘”，后娘傻站着掉了手里的瓷盘子，一把把这个心头肉闺女抱在了怀里。

临回城的那个晚上，两个女人钻在了一个被窝里，说了半宿，哭了半宿。

有一种感动叫爱

赏析／庞伟琦

爱，原来可以很伟大！——即使这仅仅是一位后娘的爱。读罢《后娘》一文，满脑子浮现的是那位后娘无言的并不求回报的爱！为了并不是自己亲生的女儿，她可以打掉自己的骨肉、忍受丈夫的皮鞭子；可以在大风大雪的夜晚，连滚带爬的将患急病的孩子“拖”到医院。保住了黑丫的小命，却将自己送上了病床……

然而这又是一份得不到承认的爱：“后娘”累了，苦了，受委屈了！却只换来黑丫觉得她“鬼得很”，“很假”的评价！全身心的投入只换来加倍的否定及伤感。生活不正也如此，父母之爱、亲友之爱、情人之爱，明明真挚，却往往受到冷落，甚至蔑视！那是一种不知该如何表达的难受！

正因为深深的明白为人后娘的百般滋味，后娘才千方白计地阻止黑丫走自己的后路，甚至以断绝关系相逼！同样的经历让黑丫体会到为人后娘生活的艰辛和爱的沉重。那天，“黑丫第一次叫后娘‘娘’”；那天，“两个女人钻在了一个被窝里，说了半宿，哭了半宿”。所以当我们为每一份爱所感动的时候，是否也应该学会对每一份爱体谅，对每份爱感恩？

世上所有那些所谓最伟大最无私最崇高最光辉的父爱母爱，在那深深凹下去的眼眶前都黯然失色黯淡无光。

爱

●文/阎　岩

他生下来就是一个瞎子。开始父母还抱着能治好的希望把他留了下来，可是当他们听医生说治那双眼睛起码要花五万块，而且还没有把握能治好时，父母彻底失望了，因为他们仅仅是种地的农民，五万块可不是说着玩儿的。后来，他们又生了个健康的儿子，于是在他六岁那年冬天，把他丢在了一个陌生的地方，后来他才知道那是一个城市的火车站。

那时他才六岁呀，又是冬天，虽然母亲已经把最厚的棉衣穿在了他的身上，可他还是感觉到冷。他开始哭，哇哇哇地大哭，这一哭惊动了许多人，他听到身边有好多人在说话，他听不懂他们在说什么，就一个劲儿地喊：我要妈妈我要妈妈！可妈妈并没有来，爸爸也没有来，他已知道爸爸妈妈嫌他是个瞎子不要他了。

后来，有一双粗糙的大手拉起了他那双冰凉的小手，他一直拉着他走进一个温暖的地方。那个人说这是我的家，以后也就成了你的家了。

那个人让他喊他叔叔，他就喊了，然后就换来了许多好吃的东西。之后，叔叔就一点一点地让他熟悉这个家，告诉他床在哪里，火炉在哪里，柜子在哪里，吃的东西在哪里。叔叔把这些地方要迈的步数一遍又一遍地给他讲，直到他记熟。

以后的日子，叔叔就去上班，他便在家里呆着。叔叔怕他寂寞还给他买来了许多的玩具，有能跑的汽车，能打的冲锋枪。虽然他看不见，可他却愿意听那汽车跑的声音和打枪的声音，他觉得那是世界上最美妙的声音。

他慢慢地长大，在叔叔的关心和照顾下除了眼睛依然看不见外，各个部位都很健康。他曾经问过叔叔他长得什么样子。叔叔说他长得很好看，就像电视里的小帅哥儿。他没看见过电视，当然不知道电视是什么样子的，更不知道里面的小帅哥儿到底有多帅，他不禁失口说："我要是能看见你该多好呀！"叔叔听了后用那双粗糙的大手抚摸着他的脸怜爱地说："你不是听医生说五万块就能治你的眼睛吗？我现在正在努力地挣，不管治好治不好，我一定要试试。"当时他躺在叔叔的怀里哭了，泪水从他那黑暗的眼里流出来，热辣辣的。叔叔就用那双粗糙的大手给他擦泪，尽管感觉有点痛，可他却很幸福。

终于有一天，叔叔兴奋地告诉他，他攒够了五万块钱，叔叔激动地拉着他的手到医院，然后他被推进了手术室。

七天后，当医生准备要拆他眼睛上的绷带时，叔叔突然止住了医生，叔叔说："娃，如果你看到的世界和你想像中的世界不是一个样子，或者你还是什么也看不见，你会失望吗？"他说他不会。叔叔说那他就放心了。

他紧紧地攥着叔叔那双粗糙的大手，其实他的心里极度地紧张，医生小心地一层又一层地拆着，他的心就一下比一下跳得猛。当医生终于把最后一层纱布拆掉时，他仍然害怕地闭着眼睛，但他似乎感觉到了那种除了黑暗之外的东西，他慢慢地睁开眼睛，他真的看到了，他首先看到了许多人，可那些人的脸上都挂着泪。他一侧头，不禁惊呆了，他的面前竟坐着一个眼睛深深凹下去的瞎子，他顺着他的胳膊一直往下望，他正紧紧地攥着这个瞎子那双粗糙的大手。

无私的瞎子之爱

赏析／张土春

瘸子最大的幸福莫过于能正常走路，哑巴最大的幸福莫过于能开口说话，瞎子最大的幸福莫过于重见光明……然而这些于正常人轻而易举的事，于他们却是遥不可及。假若你不幸身为其中之一，假若又如此的幸运——或许不能称之为幸运，如果你艰辛付出的收获让你有一次机会恢复正常，你会放弃吗？你会让给他人吗？不管这人是你的亲人、爱人、朋友、或者是陌生人。

"娃"天生是个瞎子，为亲生父母所遗弃，被另一个瞎子所收养。毫无疑问，对"叔叔"来说，"娃"是一个累赘，而且是个不小的累赘。但"叔叔"不顾一切收下了这个累赘，并尽自己所能让他过得快活——包括让他重见光明。文中没有说出"叔叔"的眼睛是否同样可以重见光明，但我想不需要了，这已经足够了。世上所有那些所谓最伟大最无私最崇高最光辉的父爱母爱，在那深深凹下去的眼眶前都黯然失色黯淡无光。

我想，"娃"接下来要做的，就是让"叔叔"也可看看这美妙的世界，只要有一丝机会，不管为此要付出多大的代价。

平平淡淡的阐述，不动声色的描绘，最后时刻峰回路转，人的感情便在那一瞬间被挑至最高峰，这是此文最独到之处。

一位父亲，一个男人，一座山；一位母亲，一个女人，一泓泉，他们加上爱，便给了孩子们一个世界，一个幸福甜美的世界……

继　父

●文/孙莱芙

初见继父，我刚刚能够记事，那时，他五十多岁，眼睛细小且视力模糊，面部布满疤痕，身材瘦削而奇高。

二十多年前，我们举家准备搬迁到继父家。走前一夜，娘紧紧地搂抱着我，眼泪如珠子般往下掉。

“娘，哭什么呀？”我害怕地问。

“猪肉贴不在羊身上，娘怕你到了那边受气！”

那年，我六岁。

时光如流水，几年过去了，我到了上学的年龄。有一回继父进城，拿回几个本本，几枝铅笔，对我说：“明天，我送你上学！”我说：“不。”继父眼睛一瞪：“由不得你。”我哭着在院中打滚，继父看了我娘一眼，一把从地上拉起我，狠狠地踢了一脚：“走！”

这一脚，使我走上了人生历程的第一步。从此，我与学校结下了不解之缘，不管是近在咫尺的乡村小学，还是旅途艰难的县城中学，或者是需要乘舟坐船的高等学府……

我上高中的时候，有一回继父进城来给我送干粮。坐在教室的窗户旁，我远远地注视着继父，他干瘦高大的身躯徘徊在教室对面的林阴小道上，耐心地等待着下课的钟声。

我问继父：“又是步行来的？”

继父塞给我一摞饼子，很轻快地笑了：“坐车贵巴巴的，来回路费正好买十个饼。”

我又问继父：“我月月拿面，家里早没吃的了吧？”继父说，“有哩，你娘拾了些臭山药，推成面，挺筋，也好吃。”我低头不语了——我清楚继父和娘过的是怎样的生活，心里阵阵难过。

继父又从腰里摸索出二十块钱，仍旧是很轻松地一笑："我把咱家的一只羊卖了。昨天公社来人到咱村，要招待，队里肯出好价钱！"

我的心里更增添了几分酸楚。

停了一会儿，我对继父说："快过午了，你就在这吃饭吧。"

继父摇摇头："天短了，怕回不去，再说，我不是你的亲爹，同学们会难为你的。"我见继父执意不从，只好说："坐客车回去吧，你的眼睛又不好……"

我从二十块钱当中取出一块，放在继父手里，继父的手颤抖起来，很动感情地说："难为你还念叨着我，我无牵无挂，只有你这么一个亲人啦。"

我考上大学那年，通知书发至我们家，继父和我娘都成了泪人。继父把通知书贴到眼前利用他早年认下的几个字，残缺不全地向娘解释着这，解释着那，一家人高兴得不知道说什么好。

有年清明节，继父对我说："回去给你爹上上坟！"

继父递给我一个篮子，里面是他亲手置办的贡品，"你上学了，你爹不知道，一来报个信，二来送几个零花钱，养儿都是有指望的。"继父叨叨地嘱咐我。

爹的坟在一片杨树丛中，那天细雨霏霏，天气温和，我在父亲的坟前感慨万千，眼泪婆娑。

那年八月十五，我买了些水果、月饼，割了几斤肉，装点了一包带回家去。继父接过我递给他的一支"迎宾"烟，很香甜地抽了一口。我把一串葡萄递给母亲，她双手捧住，问："这是甚吃喝？"继父把它端到眼前，而后，很有些不屑地说："葡萄哇，我年轻那阵子在呼市吃过一回，上讲究东西！"我把脸转向窗户，眼泪簌簌直往下掉。

近年来，世闻许多骨肉相残之事，亲爹亲娘而无人赡养，骨肉子女而浪迹街头。每当此时，我就想起我的继父，想起那位在贫穷当中挣扎了一辈子的人却有着泉水般明澈照人的心灵；风风雨雨，长流不止，不争春荣，笑迎秋霜。

爱与血缘无关

赏析／佚　名

作者对继父的描写主要从生活中的一些细节出发，生动细致，感人至深，催人泪下。

俗话说："孩子总是自家的好。"作文中的这位父亲却能把别人的孩子视若己出，在生活中处处想着孩子。看到这些，我的心酸酸的，父母的爱永远是伟大的，无私地付出却从来不求回报。而继父的爱是一种跨越父爱的伟大，因为他那爱如温暖阳光，已经没有了狭隘的鸿沟。我敬仰我的母亲与父亲，同时，我也敬仰那些更博爱、爱得没有任何界限的继父。

母爱纯洁得像阳光，博大得如天空、宇宙；而父爱，虽然沉默不语，但在他的胸间，却流淌着永不枯竭的暗溪，虽然波澜不惊，却涌动着山呼海啸的强劲暗流……

父亲的双手需要撑起的生活分量实在是太沉重了，它不仅要捧起家人的柴米油盐衣食住行，还有孩子上学……

当看到八月十五"我"包了一大包水果、肉和香烟回家与父母团圆的这段描写时，有种说不出的感觉，不禁回眸往昔，也许世间百态已模糊成恍如隔世的笑容，但父母那严厉中的温柔、那絮絮的唠叨，却如回放的电影，在心灵深处一幕幕展放……

有时，爱不需要语言，爱只需要行动，在最深的爱里看不到浪花。一位父亲，一个男人，一座山；一位母亲，一个女人，一泓泉，他们加上爱，便给了孩子们一个世界，一个幸福甜美的世界……

超级妈妈在弥留时所做的一切都是为了她惟一的女儿，她要可儿永远永远都感到有母爱陪在身边，一分一秒也不曾离开过。

永远的母爱

●文/裴重生

邻居刘某，是我很要好的同学，我俩无话不说。

刘某的女儿可儿两岁多时，刘太太患了重病，医生说她只有一年的时间了。

刘太太说，没有女人的家不算家。为了丈夫和女儿，她希望刘某在她走后尽快再娶一个。刘某叫她别胡思乱想，要她安心治病。她说这事不落实，她安不下心。刘某见此就直话告诉她，继母与继女很难磨合，左邻右舍的再婚家庭就是证明，因此，他对此不抱希望。刘太太闻言，就没再说话了。

此后，刘某看见太太在治病之余常常伏案写作，写得津津有味，一页又一页。刘某没有问她写什么，他不想惊动她。

刘太太去世的前几天，她妹妹从加拿大回来，姐妹俩聊了大半夜。刘某看见太太把十几张写满字的信纸交给了她妹妹。

刘太太在最后的日子里，常抚摸着三岁多的女儿的头，说要到加拿大去，要很久才能回来，叫女儿要听爸爸的话，自己吃饭穿衣，自己睡觉。最后一次，她意味深长地嘱咐道："可儿，妈妈回来那天，你一定要认出妈妈，一定要亲妈妈。"

刘太太去世三个月后，刘某接到一封来自加拿大的信，是太太的妹妹寄来的，她附来了太太在世时写给可儿的一封信，要刘某读给可儿听。信中说，她在加拿大很忙，要可儿听话。自己吃饭，自己睡觉，别让爸爸生气。

直到这时，刘某才想起太太生前交给其妹妹的信，原来是为了照顾他和女儿所作的准备。

不久，太太的妹妹来电话，问刘某的再娶问题，她说是她姐姐生前嘱咐她催问的。刘某见此，就坦然说是有一个相好的，但还拿不定主意，主要是怕她与女儿难以磨合。

又过了不久，太太的妹妹又寄来一封信，信中说：随信附上姐姐生时写给可儿的一封信，嘱咐刘某在未来的刘太太与可儿见面的前几天，细细地读给可儿听，让可儿把未来的刘太太当成亲生妈妈。

刘某展开太太生前写给女儿的信,一边读一边流泪:

> 可儿:妈妈过几天就从加拿大回家了。妈妈给你买了你喜欢吃的水果,还有美丽的衣服。到时你要最快地认出妈妈,一定要扑到妈妈怀里,啊……

刘某双手发抖,几十个字的信,他看了一遍又一遍。太太啊,你在生前已经把一切都替我安排好了。

后来,刘某遵从亡妻的遗嘱,在女友来家的前几天,把那封信读给女儿听。他特意告诉女儿,妈妈在加拿大两年,长胖了一点,他说,“可儿,妈很想你,你见到妈妈,一定要让妈妈抱,让妈妈亲。好吗? ”

这个谎言,再美丽不过了

赏析/彭细华

这是一个精心设置的美丽善良的谎言,这是一个将要离去的母亲编织的谎言,这是一个为了女儿不失去母爱而策划的谎言,这是一个完全出自母爱本能的谎言……

永远的母爱,我为你感动,更为你流泪!

记得刘墉先生这样说过:“母亲,不论她天生是否强壮,她婚前是不是娇弱,似乎只要成为母亲,就自然变成了超级妈妈,她必须‘超级’,否则就不配做妈妈。”超级妈妈,可以在治病之余给可儿写一页又一页的信,可以在最后的日子里说要离开女儿到加拿大,甚至可以让可儿把未来的刘太太当成亲生妈妈。超级妈妈在弥留时所做的一切都是为了她惟一的女儿,她要可儿永远永远都感到有母爱陪在身边,一分一秒也不曾离开过。

有人说:“儿女是妈妈手中的一只风筝,无论飞得多高,飞得多远,也飞不出妈妈的牵挂。”那种牵挂甚至可以延续到妈妈离开之后。“到时你要最快地认出妈妈,一定要扑到妈妈怀里啊……”——妈妈的谎言,就是妈妈对可儿的牵挂。美丽的谎言不曾让女儿感受母爱的离去,这就是妈妈善意的安排。

妈妈对儿女播下了一份完美的爱,子女也更应该让母亲收获一份完美的爱,付出了爱,如果却不能收获爱,这无疑是一种缺憾。在享受母爱的时候,别忘了母亲也需要你的爱,不要以为母亲对你的爱就是理所当然的。

也许他们所送的礼物看上去并不珍贵，如那束樱花，但全都是一份爱的所在，去接受它吧，因为你的一个动作，代表着一份永恒的亲情。

樱花常开亲情永在

●文/（台湾）刘怡君

爷爷在台湾中部家乡苗栗有片山坡地，山坡下有条溪流，溪水寒凉清澈，溪边矗立着两棵高大的山樱。每年樱花盛开时节，爷爷总会在腰间绑把剪刀，小心攀上树干，剪下几株枝芽抱回家插养在瓶子里，满屋清香，就像迎来了春天。

十多年前，爷爷得了肝癌，身体一直虚弱无力。因此，家里再也没有美丽的樱花绽放了。

爷爷和奶奶生了六个女儿，假日，姑姑们总轮流带孩子回来看望二老。每当她们准备离去，就会见到爷爷奶奶把一袋一袋的蔬菜水果往姑姑的车子上搬。这是爷爷奶奶长久以来的习惯，对拙于言辞的老一辈人来说，赠予食物也许是对子女表露情感的另一种方式吧。

有一年春节，爷爷最爱的小女儿举家从荷兰搬回台湾。小姑姑带着家人回娘家过年，其间爷爷与她交谈不多。爷爷的个性外冷内热，总是一副严肃的脸孔。

小姑姑一家准备回台北那天，奶奶一大早就忙着张罗各种东西，要姑丈搬到车里去。车子即将发动的时候，小姑姑突然从行李箱里取出一束粉红樱花，嚷道："东西太多，放不下了，花就不拿了。"原来，爷爷那天早晨不见踪影，却是到山上摘花去了。爷爷并没说什么，只是点点头把花接了过来，弃置在墙角。

那一年我才升上中学，对于成人世界的情感没多少领会，只记得那束樱花包扎得很周到，根部绑着湿棉团，想是为了延长花朵的寿命吧。

两年后，爷爷过世。我自己长大后也开始像姑姑从前那样，每次回娘家都从爸妈手上接收大包小包的食物。

后来，我随先生调职到北部。三年前我刚怀孕的时候，有天寒流来袭。傍晚我接到爸爸的电话，说是随公司出来旅行，晚上在台北落脚，要我们下班后到饭店去找他。我当时害喜很严重，心里不禁有股不情愿的感觉。

和爸爸约好晚上八点钟在饭店大厅见面。寒流带来细雨,街上又湿又冷,我们一路塞车,等到终于把车停好,早已过了和爸爸约定的时间。我们赶快走向饭店,远远就看见爸爸站在饭店门外,手上提着个袋子。

“爸!等很久了吧?怎么不在大厅里等,却站在外头吹冷风?”我的语气带着一点埋怨。

“饭店人太多,怕你们找不到我。喏,这个给你。”

“家里还好吗?”我先生问,同时接过爸爸手中的袋子。

“大家都好,倒是你俩住在台北,凡事要自己小心。好啦,天气冷,你们快点回去吧。”爸说完,催促我们回到车上。

车子发动后,爸爸才转身走回饭店。我望着他身上单薄的衬衫,一股热气蹿上心头。

打开塑料袋,只见里头有几个小包,用报纸密密实实地包好。撕开报纸一看,原来是梅子。我拿起一颗放入口,酸意漾开。这是爸爸专程为我送来的止吐食物!

泪水渐渐模糊了眼睛,记忆中的那束樱花和这梅子交错在一起。这一刻我才明白,爷爷借着那粉红的花朵诉说着他内心深沉的情感,那束樱花蕴藏着深厚情感,就如同父亲对我的关爱。

爷爷早已过世,再多的泪水也填补不了他内心有过的遗憾。庆幸的是上天让我及时体会这深挚内敛的情感,让我仍有足够的时间回报。

现在先生和我已搬到南部居住。假日我们总会带着女儿回山城去陪陪父母,分享他们的欢乐。然后呢?当然是在哥哥半开玩笑地大喊“女儿贼、女儿贼”时,我毫无愧色地把梨子、豆子……搬上车。因为我知道,贵重的不是食物本身,而是它所传递的父母疼爱子女之情。

哥哥形容得贴切——“女儿贼”。我们偷的何止是食物!还有珍贵的父母心呢。

亲情永恒

赏析/燕　言

也许每位长辈表达对晚辈的爱意的方式都有许多不同,但是所传达的爱意都是一样的,都是百分之百的付出。当看到“小姑姑突然从行李箱里取出一束粉红樱花”还给爷爷,“爷爷并没说什么,只是点点头把花接了过来,弃置在墙角”时,我的心一阵酸楚。爷爷对子女的爱包含在樱花中,他只想送一束樱花来传递自己的心意，而姑姑却首先想到的是麻烦，其实姑姑的想法不能算错，只是忽略了老人家的心意，忽略了老人为了摘上一束樱花而付出的辛劳。

当"我"长大之后，看见父亲冒着寒冷为自己送来酸梅时，"我"领略到了父亲那深沉的爱，也领略到了爷爷当初对子女的付出。我们也爱自己的长辈，只是有时候会因为老人与年轻一辈的想法上的一些差异而错过了一些感动的机会。有时候老人的一些叮嘱也许显得累赘，也许他们所送的礼物看上去并不珍贵，如那束樱花，但全都是一份爱的所在，去接受它吧，因为你的一个动作，它会永远绽放，代表着一份永恒的亲情。

尽管他们之间无血缘关系，但他如一位慈父，伟大的父爱让这小生命从此有了停泊避风的港口，有了遮阴避雨的大树，有了完整温暖的世界……

卑微的善人

●文/红　尘

鞋匠在学校林阴道的拐弯处一摆鞋摊就是五年，学生们尽管把走坏的高跟鞋、足球鞋往他那儿提，下了课再扔下五毛、一块的往回拎。谁也无暇、也不屑过问这个小个子鞋匠的心事，反正鞋匠顶满天也就是一个补鞋子的嘛。

鞋匠在学校租了一间由厕所改造的小房间住，只有六个平方，他说“陪臭，还要六十块钱一个月”。好在学校摆摊所收的管理费极低，学校又有这么多正茁壮成长的青年男女，所以鞋匠的生意还可以，他每天所摆的鞋摊和学校里的黄角树、减速标志一样，渐渐成了学校里一道固定不变的风景。

鞋匠的眼睛还是个“瞟眼”(学名称斜视)，按说眼神儿很不济，可当他飞快地穿针引线起来，顿让人觉得手艺人不简单。除了补鞋，鞋匠还补伞、补裤子，凡是能有的手上活儿他都做。我有条亚麻布的长裙，要一顺溜儿钉十颗纽扣，我钉了两颗后发现自己绝对不行，因为这样精丝严缝地一路整齐下去，我那微弱的“女红”功夫再修炼十年也不行。我抱着裙子试着去找鞋匠缝，他说两毛钱一颗，疙瘩都不打一个很快弄好了。以后我的首饰掉了石头，或者耳环少了丁当，都统统拿去找鞋匠用万能胶粘。反正我一去参加什么摇滚乐会，别人一夸我的裙子或首饰，我马上就想笑，就想起这里边还有一个不知名的鞋匠的功劳。

鞋匠不知怎么就捡到了个女婴，不知不觉就把她养到了两岁。鞋匠向我透露这个秘密的时候，我正以“二妈”的姿态抱着朋友的小孩坐在鞋摊上玩。鞋匠说这话时，吓了我一大跳，一个五六十岁成天佝偻着腰在风雨中谋生的人，怎么会再养一个弃婴。

鞋匠说他是正月初四在广安火车站捡的，他在家过完年后准备回重庆，发现车站里围着一大群人，个个抱起那个小包裹看看又扔下，鞋匠也挤进去看，是个生下才几天的女娃，鞋匠看没人要，就用背鞋的背篓背着这个女娃，又乘一块钱的汽划子回到老家,每天用野猪油给女娃擦被屎尿沤烂了的大腿,又每月寄三百块钱给老姐姐,烦请她好好给他喂养着。

鞋匠的儿子已二十好几,早就成家立业了,据说对鞋匠并不好。自从有了这个飞来的女儿后,鞋匠补鞋的生活有了很大的变化,他每天至少要挣到十块钱后,才能往家里寄那每月的三百块钱,鞋匠收摊的时间拖延得更晚,早上也扛着行头出来得更早。鞋匠很高兴在他过年过节才回家的时候,那个女娃已能叫他"爸爸",歪歪颠颠地给他提来拖鞋了。

问鞋匠上到户口没有,鞋匠说只花了五十块钱的公证费,"乡政府要是找我麻烦的话,我说把娃儿背去送给他。"没想到鞋匠还有点儿他的"歪歪理"。问娃儿以后长大要是对他不好咋办,鞋匠说捡来的时候就去为娃儿照了相,便于以后她亲生父母相认。

话到此,鞋匠已非我们每天所见的那个卑微的鞋匠了,他的生活在两年前的那个冬夜重新又有了新的盼头,他准备在钱挣得再多一点的时候,能将孩子接到城里来上幼儿园,准备就在他从早到晚一针一线的缝补里,将一个被亲生父母丢弃的婴儿,抚养成一个如花似玉的好姑娘。

鞋匠从此放弃了每天去和其他小贩打一角钱小麻将的嗜好,因为他有了女儿。因为有了鞋匠收养弃婴的故事,我们才知道天天所见的鞋匠叫李财云。在这以前,他是人人需要的鞋匠;而在这以后,他将是一个小生命在这世间最温暖的依靠了。

真!善!美!

赏析/佚　名

一双勤快的手夹杂着笑脸,我从睡梦中惊醒有阵莫名的感动,我对着窗外发呆……

——题记

曾几何时,我苦苦寻觅着美神的足迹,曾以为风花雪月般飘逸的潇洒才是美,可是,就在生命的列车驶过一个又一个的驿站后,悄然间,方才读懂了那份美的诠释……

或许有人会说:"鞋匠也太笨了吧?自己并不富裕,还自找苦吃!"不,那正是美神赋予人性的美呀!美神轻抚着他的良心,犹如春风微拂着小草,产生了一种美的颤动,使他也接受了与他无血缘关系的新生命。

美的内涵是丰富的。实际上,就"人"而言,除了外在美,还有气质美和更重要的心灵美。相反,如果一个人缺乏修养,没有气质,或者只是"金玉其外,败絮其中",这种美感就会骤然消逝。

只有在真正的生活中,才会有真正的美。

美是雨中无意嬉戏撒下的一路欢笑,是少女窗前丁零悦耳的风铃,是情人偎依呢喃的低诉,是慈母倚门期待的眼神,是白头老伴牵手海滩的漫步,是落日余晖刻下的剪影!原来,我们生命的本身也是一幅绝美的风景!

美是路人一个善意谅解的微笑,是胜利激动的泪珠,是生日蜡烛上闪闪跳跃的火光,是母亲节里一束淡黄素雅的康乃馨,是远方好友几句诚挚的祝福抑或真切的安慰。美不正是心心相撞产生的温馨吗?

美让他接受了被弃的陌生女孩,扶养她,关爱她。尽管他们之间无血缘关系,但他如一位慈父,伟大的父爱让这小生命从此有了停泊避风的港口,有了遮阴避雨的大树,有了完整温暖的世界……

当我们敞开心灵爱护生命、张开双臂拥抱生活时,才发现,美就在我们的眼眸深处,闪闪发光着,永远永远存在着!